감꽃 떨어질 때

감꽃 떨어질 때 2 (큰글씨책)

초판 1쇄 발행 2018년 1월 30일

지은이 정형남
펴낸이 강수걸
편집장 권경옥
펴낸곳 산지니
등록 2005년 2월 7일 제 333-3370000251002005000001호
주소 부산광역시 해운대구 수영강변대로 140 BCC 613호
전화 051-504-7070 | 팩스 051-507-7543
홈페이지 www.sanzinibook.com
전자우편 sanzini@sanzinibook.com
블로그 http://sanzinibook.tistory.com

ISBN 978-89-6545-473-1 04810
978-89-6545-471-7 (세트)

* 책값은 뒤표지에 있습니다.
* 이 도서의 국립중앙도서관 출판예정도서목록(CIP)은 서지정보유통지원시스템 홈페이지(http://seoji.nl.go.kr)와 국가자료공동목록시스템(http://www.nl.go.kr/kolisnet)에서 이용하실 수 있습니다.(CIP제어번호: CIP2018000408)

큰글씨책

감꽃 떨어질 때 ②

—정형남 장편소설

산지니

차례

1권

2권

제2부

제 2 부

초저녁 별빛

내가 태어나던 해에 아버지는 인근 장터거리에 약재상을 차렸다. 가까운 거리라 해도 십 리 길이 넘었다. 아버지는 그 길을 매일 걸어서 왕래하였다. 처음에는 장날만 약재상을 열었는데 계절 따라 육신이 멍들고 병든 사람들이 수시로 찾아들어 매일 열 수밖에 없었다. 몸보신에도, 감기몸살에도, 관절염과 피부병에도 아버지의 약재를 필요로 하였다. 그만큼 구제창생이라는 소명을 버리지 않았는데, 틈만 나면 산에 올라 약초를 채취하고 연구하였다. 사람들은 산과 들에 지천으로 널려 있는 약초를 밟고 지나치면서도 손수 요긴하게 채취하여 음용할 줄 몰랐다.

그게 거기에 좋남.

주위에 지천으로 널려 있는 약재를 아버지에게 사 가면서 건성 한마디를 흘렸다.

쑥만 해도 그랬다. 사방에 널부러신 게 쑥 아닌가. 이른 봄날 아낙네들이 춘궁기를 지혜롭게 넘기자고 새 쑥을 캐는 외에는 무성한 잡초쯤으로 보아 넘겼다. 아버지는 그 점을 나무라거나 탓하지 않았다. 너무 흔하면 귀히 여기지 않는 게 우리네 의식 아닌가. 우리네 살림살이가, 습성이 자신들에게 꼭 필요하다 싶은 것만 탐하기 때문이었다.

아무튼, 나는 아버지의 귀여움을 독차지하였다. 이러저러한 고난 끝에 뒤늦게 얻은 딸이었는지라 딸 사랑이 유별났다. 맏딸은 살림 밑천이라는 말을 들어 새겨서가 아니었다. 어머니는 뒤늦게 낳은 자식이 아들이었으면 얼마나 좋았겠느냐고 서운함을 내비쳤지만 아버지는 달랐다. 신식문물이 들어오는 먼 장래에는 여자도 얼마든지 햇빛 밝은 곳으로 나설 수 있다는 견해를 지니고 있었다.

어쨌거나, 아버지의 신심 어린 노력으로 집안은 평안하였다. 의식주 걱정을 하지 않는다는 것, 그것은 평화요 화기만당이었다. 더구나 아버지는 가난한 사람들에게는 약재 값을 되도록 저렴하게 받거나 동정심 어리게 보시를 한 까닭에 인심을 잃지 않았다. 그들은 그 대신 쌀, 보리, 콩, 감자, 파, 마늘, 심지어는 간장, 된장, 김치까지 한줌씩 갖다 주며 보답을 하였다. 순박한 인심 그대로였다. 나중에는 자손 없는 시신을 약초물로 염까지 해주어 주위의 신망이 도타웠다.

아버지는 늘 바빴다. 산과 들에서 약초를 채취하랴, 약재상에 나가 손님들을 대하랴, 그 위에 가난하고 헐벗은 사람들을 위해 봉사하랴, 바쁘게 돌아갔다. 그런데도 조금도 지쳐 보이지 않았다. 자신이 하고 싶은 일을 천직으로 삼는다는 자부심으로 즐거워하였다. 어머니의 내조 또한 자상하였다. 약초를 말리는 과정을 지성으로 돌보았다. 부부애가 깊은 만큼 부창부수의 맥박을 느낄 수 있었다. 얼마의 시간이 지나자 아버지가 말하지 않아도 어머니는 자기 몫을 감당하였다.

그때쯤 삼수아저씨가 빚은 항아리가 집안 가득 늘어났다. 아버지는 건재한 약초를 꼭 삼수아저씨가 빚은 항아리에 저장하였다. 항아리야말로 숨을 쉬는 까닭에 약재를 오래 간직할 수 있다는 것이었다. 그래서인지 아버지는 삼수아저씨가 가마에서 도자기를 꺼내는 날은 어김없이 참관하였다. 아직 온기가 남아 있는 도자기들을 품평하였고, 마음에 드는 항아리는 따로 선별하여 집으로 가져왔다. 두 사람의 우정은 해를 거듭할수록 그만큼 돈독해졌다.

어느 날, 나는 아버지를 따라 우리 집과는 사뭇 먼 장터거리 옹기전에 갔었다. 삼수아저씨가 빚은 도자기들을 실은 소달구지를 타고서였다. 털거덕, 털거덕, 구불구불한 산길을 휘돌아 갔는데, 소달구지가 털거덕거릴 때마다 삼수아저씨는 소고삐를 다잡으며 행여나 그릇들이 다칠세라 바짝 긴장하였다. 장터거리 옹기전에 도착하자 삼수아저씨는 옹기전 주인장으로부터 하나하나 품평을 들으며 주인장이 값을 매기는 대로 군말 없이 따랐다. 아버지 말루는 매번 도자기 값을 후하게 쳐 준다고 하였나. 아무튼, 세 사람은 흔연한 기분으로 많은 이야기를 주고받았다.

무인의 소식은 좀 들었는가라우?

지난번 작별인사차 들렀더군. 천봉산 기슭은 인연이 박복하여 다시금 진교 쪽으로 가기로 했다면서 수척한 마음을 내보였어. 시절이 허락하면 다시금 두문골을 찾아온다고 하였는디, 그 세월이 언제일런지.

진교라면 남해 가는 길목 아닌가요?

아버지와 삼수아저씨는 동시에 의아한 얼굴로 놀라움을 감추지 못하였다.

그쪽은 가깝다면 가까운 거리지만 생면부지 아닌가요? 임진왜란 때 왜놈들이 우리 도공들을 무더기로 끌고 간 곳이기도 하였고, 이도다완의 본고장이라고도 하지만 특별히 그곳을 택한 이유를 모르겠습니다.

그 깊은 뜻은 잘 모르겠으나 도공의 맥을 찾아간 것은 아닐까 하네.

정신적인 참 스승이었는디, 마음이 그렇습니다요.

왜, 그 마음을 모르겠는가. 그곳까지는 그리 멀지 않으니 기회 닿으면 한번 찾아보게나.

그래야지요. 지리산도 겸사겸사 구경하고요.

세 사람이 이야기를 나누는 동안 나는 아버지의 무릎을 베고 잠이 들었다. 정말 포근한 잠이었다. 잠결에 잠시 긴장감이 느껴져 눈을 떴다.

이것은 약간 여유가 있어 따로 챙겨 왔습니다. 십시일반 조금이라도 보탬이 됐으면 합니다.

아버지는 침묵을 깨고 품안에서 봉투를 꺼내어 옹기전 주인장에게 건넸다. 그러자 삼수아저씨도 조금 전 받았던 도자기 값에서 얼마를 떼어 보탰다.

허어, 정말 눈물겹고 기특한 일이네. 인편으로 그 갸륵한 정성을 상해임시정부에 보내겠네.

옹기전 주인장은 두 사람의 손을 덥석 잡으며 감격스러워하였다.

헌디, 상해임시정부와는 어떻고롬 연락이 닿는가라우?

삼수아저씨가 두릿한 얼굴로 물었다.

김구 주석이 국내에 있을 때 일경에 쫓기어 이곳에 잠시 숨어 지내다가 상해로 건너갔네. 처음에는 우리가 모금한 군자금을 자네들이 몸담았던 의병들에게 헌금하였는디, 의병이 와해되자 김구 주석과의 인연으로 그쪽으로 옮겨간 것이네. 연락책이 오면 자네들에게도 인사소개를 시킴세.

그럴 것까지야. 돈 몇 푼 낸 손끝이 부끄럽습니다.

알았네. 어쨌거나 고맙네. 모두가 눈물겨운 보시네.

세 사람은 숙연한 분위기에서 놓여나 술을 마저 들었다. 아버지와 삼수아저씨는 해가 뉘엿해서야 자리에서 일어났다. 소달구지는 황혼 빛에 물든 길을 올 때와는 달리 가볍게 달렸다. 삼수아저씨가 깁자기 회초리 장단에 맞추어 질그릇 깨지는 소리로 단가 한 대목을 내질렀다.

함평천지 늙은 몸이 광주고향을 보랴 하고
제주 어선을 빌려 타고 해남을 건너올제
흥양의 돋는 해는 보성에 비쳐 있고, 고산의 아침안개
영암을 둘러 있다. 태인하신 우리 성군 예악을 장흥하니 삼태
육경의 순천심이요…….

이 고장이 소리의 고장인디 이놈의 시절이 사람들 입에 재갈을 물려 버렸네. 인자, 우리말도 맘 놓고 할 수 없는 지경에 이르렀어. 더러운 놈들. 정말 악랄하네. 민족혼마저 송두리 채 뽑을라고 하니 말이여.

삼수아저씨는 호젓한 산길에 접어들자 평소 가슴에 품고 있었던 불만과 울분을 거리낌 없이 걸걸한 목소리로 내쏟았다.

자네 집에도 호구조사를 나왔던가?

구장이 두어 번 다녀갔네. 눈도장을 찍은 도자기를 안겨 주었더니 별 탈 없이 넘어갔네. 전력을 캐자면 왜 못 캐겠는가마는 한낱 도공의 뒷조사를 해서 뭣하것는가. 자네는 일제 앞잡이들과 왜놈들이 껄떡거리지 않던가?

나야, 약재상 이상도 그 이하도 아니지 않은가. 가난한 사람들을 상대하기에 돈을 갈퀴로 긁어 담는 것도 아니고 겨우겨우 잔주름을 펴는 늘푼수 없는 약재상으로 처신함에랴.

어머니의 말을 빌리자면 아버지는 왜놈들의 눈 밖에 나는 행동은 극히 자제하였다고 한다. 어쩔 때는 배알이 뒤틀려 장총이

라도 빼앗아 내갈겨 버리고 싶었다는 것이다. 장총과 대검을 다루는 데는 익은 솜씨라고 하였다. 수틀리면 몇 놈 이마빡에 바람구멍을 내 버리고 만주로 나가 독립운동에 몸담고 싶은 충동을 나의 눈망울을 바라보면서 가까스로 참아냈다고 하였다.

사내대장부가 그릇이나 굽자니 때로는 굴욕감마저 드네만 어짜겠는가. 처자식 굶어 죽어 가는 모습이 눈앞에 다가서는 걸.

너무 자조하지 말세나. 한치 앞을 내다볼 수 없는 게 세상일이네.

아버지의 말이 끝나기도 전에 소달구지가 걸음을 멈추었다. 삼수아저씨네 집에 도착하였다. 아버지는 삼수아저씨가 붙드는 데도 다음을 기약하고 산길을 걸었다. 별이 총총하게 쏟아져 내렸다.

우리 공주. 너희들 세상은 별처럼 빛나는 세상이 되어야 할 텐데 앞날이 치막하구나.

나는 아버지의 한숨 섞인 말을 들으며 말없이 아버지의 등에 업혀 별들을 헤아렸다. 별똥별이 은하수를 가로지르고, 하늘을 치받들고 서 있는 감나무 사이로 불빛 하나가 다가왔다. 마주쳐 나오는 엄마의 신발 끄는 소리가 반가움으로 뛰놀게 하였다.

*

조영은 그동안 말린 약초를 조심스럽게 포대에 담아 멜빵을

한 다음 짊어졌다. 부피보다 가벼워 십 리 길을 걷기에 힘들지 않았다. 길을 가면서도 책장을 넘겼다. 민간요법에서부터 한약재의 효용에 관한, 닳고 닳은 손때 묻은 책이었다. 벌써 몇 번을 정독하였는지 몰랐다. 한 가지 일에 전문가가 되라. 그게 조영의 신념이었고 좌우명이었다. 특히 사람의 생명을 담보로 하는 약재상이기에 얼치기가 되어서는 안 되었다.

오늘 따라 장날인데도 한산하였다. 농번기여서 그런지 몰랐다. 한가하게 앉아 손때 묻은 책을 읽고 있노라니 문득 두문골이 생각났다. 그때 정성으로 채집한 약초를 표본으로 책갈피 속에 오려 붙이고 넣어 두었기에 참고가 되었다. 그게 습관이 되어 지금도 약초를 채취하면 백지에 오려 붙이고 설명을 달아 쉬이 잊지 않도록 하였다.

오늘은 한가하십니다.

파장도 되었고 하여 해를 가늠하며 문을 닫으려는데 교직에 몸담고 있는 김순열 선생이 찾아왔다. 김순열 선생은 모친이 손발이 차고 소화가 잘 되지 않는다면서 두어 번 약재를 처방해 갔다. 젊은 나이에 효성이 남달랐다. 첫 만남부터 무언가 말이 통하였다.

더러는 한가할 때도 있어야지요. 어머니 때문에 오셨는가요?

지나치다가 들렀습니다만, 들른 김에 약재를 좀 사 갈까요.

그러시게요. 요즘은 재미가 어떠시오?

조영은 자리를 권하였다. 집에서 끓여온 약차를 내놓았다.

죽을 맞이지요. 우리의 고유한 의식이 점점 말살되어 갑니다. 이 책은 그냥 수월하게 넘어가는 책이 아닌 듯싶습니다.

김순열 선생은 무릎 밑에 밀쳐 둔 책을 가리켰다.

약초도감이라 해야 할까요. 그런데 한 가지 제안을 해도 되겠소?

무슨 일인데요?

김순열 선생은 심중하게 받아들였다. 평소 소상하고 진지한 구석이 있는 조영이어서 가볍게 내칠 성질이 아닌 성싶었다.

이 약초도감을 가지고 아이들을 가르쳐 보지 않겠소?

어려운 이 책을 가지고요?

어려울 게 없어요. 사생대회를 하듯 아이들을 산과 들로 데리고 가 산교육을 시키자는 게요.

그런 방법이 있군요. 그럼, 아이들을 지도해 주시겠습니까?

김순열 선생은 금방 알아차렸다. 시골 아이들인지라 교실에서 갇혀 지내는 것보다 산과 들에 나가 약초를 사생하면 즐거워할 것이다. 아이들에게 친숙한 약초가 많지 않은가.

그렇게 하지요. 우리말을 제대로 배울 수도 있고요. 약초야말로 우리 땅에서 자란 신토불이고, 따라서 약초 이름이야말로 우리네 것이 아니오.

우리말도 새기고 신토불이 약초도 알고, 좋습니다. 일주일에 한두 번 아이들을 데리고 나가 사생을 하겠습니다.

두 사람은 의기투합하였다. 김순열 선생은 사생대회를 나가듯 자연스럽게 아이들을 데리고 산과 들로 나갈 것이고, 조영은 평상시의 일과대로 약초를 채취하러 나가면 될 것이었다. 김순열 선생은 따북하게 지어주는 약재를 들고 돌아갔다.

조영은 한가한 마음으로 가게 문을 닫고 집으로 향하였다. 김순열 선생과의 약속은 전혀 예상하지 못하였던 일이었다. 아이들에게 삼수의 도자기공방도 견학시키리라. 우리네가 사용하는 도자기 또한 신토불이 흙으로 빚어진 것이 아닌가. 혼이라 해도 좋고 얼이라고 해도 좋을 숨 쉬는 공기(公器)임에랴. 아이들은 천진한 만큼 순수하고 진지하게 우리 것을 가슴에 담으리라. 조영은 훈풍이 지펴나듯 뿌듯한 사명감을 안았다.

조영과 아이들의 만남은 첫날부터 즐거움을 동반하였다. 아이들은 초롱한 눈망울로 진지하게 귀 기울여 듣고 공책에 일일이 약초를 오려 붙이며 조영의 말을 가슴에 새겨 담았다. 조영은 그런 아이들을 위해 꽃말의 유래며, 전설까지 곁들여 각인시켰다. 에게게, 이것이 배앓이에 좋은 줄 몰랐네. 요것은 토끼가 좋아하는 풀이고, 저것은 할미꽃 아닌가배. 아이들은 또르르 웃으며 신명을 냈다. 김순열 선생도 정성스레 약초를 스케치하면서 아이들과 공감대를 형성하였다.

우리 집 연못에 연꽃이 피는디 그것도 약으로 씁니까?

연꽃은 말이다. 마음을 진정시키고 몸을 가볍게 하며 얼굴빛을 곱게 한단다. 연밥은 오장을 보하고 기혈을 돕는다. 연잎은 나쁜 피를 제거하고 복통을 다스리며 버섯 독을 죽이고, 연뿌리는 꿀과 함께 먹으면 회충 따위가 생기지 않는다.

우아, 만병통치약이 따로 없네요.

감귤껍질도 기침에 좋으니 버리지 말고 끓여 먹으면 좋다. 감자도 소변을 편하게 하고 갈증을 다스린다. 어디 그뿐인 줄 아느냐. 대추, 포도, 밤, 딸기, 앵두, 매실, 모과, 홍시, 복숭아, 은행, 사과, 배, 감, 석류 등 우리가 먹을 수 있는 과일은 두루 몸에 좋다. 그러니 가리지 말아라.

그것들은 다 맛있어라우. 없어서 못 묵제요.

아이들은 풍뎅이처럼 맴돌며 웃음을 깨물었다. 메말랐던 대지에 단비가 내리듯 신선한 기운이 넘쳐났다.

오늘은 그만 할끄나?

아니라우. 우리가 묵는 채소에 대해 말해 주시게라우.

허어, 이 녀석들 아주 신명이 났구나. 생강은 말이다. 구토를 그치게 하고 찬바람과 습기를 다스린다. 공자님도 생강을 즐겨 먹었다. 그러나 너무 많이 먹어서는 안 된다. 더구나 밤에는 먹지 말거라. 토란은 장과 위를 너그럽게 하고, 비름은 눈을 밝히고 대소변을 편하게 하며 회충을 죽인다. 무는 음식을 소화시키고 관절을 편하게 하며 오장의 나쁜 기운을 다스린다. 배추는 장과 위를 편하게 하고 가슴 속의 열을 다스린다. 수박, 참외, 죽순, 물외, 수세미, 상치, 씀바귀, 냉이, 달래, 더딕, 도라시, 시금치, 파, 마늘, 양파, 부추도 골고루 잘 섭취해야 한다. 그게 일상의 보약이다.

그럼, 할무니들이 진짜 의사네요. 그런 걸 다 아니께요.

할머니들의 손이 그래서 약손이라고 하지 않더냐.

맞아요. 우리 할무니는 지가 배가 아플 때마다 손으로 살살 문질러 줘요. 그라면 씻은 댓기 나사요.

그러니까 할머니, 할아버지 말씀을 잘 들어야 한다.

김순열 선생은 넌지시 효심을 불어넣어 주었다. 조영은 아기풀과 결명자를 캐 들었다.

이것을 아는 사람?

맨날 보는디 무슨 풀인지 잘 몰라요.

이것은 아기풀 뿌리다. 지혜를 해맑게 해 주고 귀와 눈을 총명하게 하며 건망증을 다스리고 뜻을 강하게 한다. 이것은 결명자라고 한다. 눈을 밝게 하고 간의 기운을 돕고 두통을 다스린다. 베개 속에 넣으면 머리풍을 다스리고 눈에도 좋다. 항시 차로 끓여 먹으면 효험이 있다. 그래서 너희들에게 긴요한 약이다.

이렇게 흔한 것이 명약이네요.

산과 들에서 자생하는 이름 없는 풀일지라도 다 약에 쓴다. 다음에 또 더 많은 것을 직접 눈으로 보고 채집하며 배우기로 하고 내일은 도자기 굽는 공방을 견학하자.

아이들은 좋아라고 손뼉을 쳤다. 아이들을 집으로 돌려보내고 나서 조영과 김순열 선생은 가벼운 기분으로 마주 앉았다. 소도댁은 가시오가피나무로 빚은 약술을 내놓았다.

정말 산교육입니다. 우리의 것을 올곧이 눈으로 보고 익힐 수 있으니 아이들에게 이보다 더 좋은 배움은 없지 싶습니다.

김 선생을 만난 아이들의 복이지요.

내일은 도자기 공방을 견학시킨다고 하셨는데 여기서 멉니까?

조금 멀어요. 아이들 걸음으로는 다소 힘겨울지 모르겠어요.

괜찮을 겁니다. 아이들이란 신명이 오르면 피곤을 모릅니다.

김순열 선생은 내일을 기약하고 자리에서 일어났다. 그 뒷모습이 힘차고 의젓하였다.

다음 날, 조영은 약속대로 삼수의 도자기 공방을 찾았다. 아이들은 마치 소풍 나온 기분으로 들떴다. 예고도 없이 아이들과 함께 떠들썩하게 들이닥치자 삼수는 눈을 뒤룩이며 영문을 몰라 하였다.

뭔, 아이들이여?

도자기공방 견학을 왔네. 이 분은 담임선생님이시고.

삼수와 김순열 선생은 인사를 나누었다. 아이들은 공방을 둘러보다 말고 흙 반죽에 달라붙어 손장난을 하였다.

단순한 구경이 아니고 도자기 역사라든가, 만드는 공정을 가르쳐 주시면 산교육이 되겠습니다.

역사야 저 원시시대부터 맥을 이어 오고 있지요. 가장 흔하고 질긴 우리네 흙으로 빚어낸 이 땅의 얼이 깃들이 있기도 하고요.

그 얼을 귀찮다 생각 마시고 아이들의 가슴에 심어 주십시오.

허허, 내가 갑자기 서당 훈장이 된 기분이네. 야들아, 장난 그만하고 이쪽으로 모여 봐라.

아이들은 삼수의 투박한 소리에 흙 장난질을 멈추고 삼수 곁으로 모여들었다. 아이들은 또랑한 눈망울로 삼수를 주목하였다.

우선 고려청자부터 말하것다. 청자는 옥빛이다. 옥은 옛날부터 귀한 보석으로 왕관이나 귀걸이, 비녀 따위의 장신구에 사용되었다. 그런데 옥이 귀한데다 그릇을 만들기도 어려워 흙으로 옥 같은 그릇을 만들었다. 여기서 가까운 거리의 강진에서 나는 청자가 이름을 떨쳤다. 청자 이전 토기의 역사는 신라, 백제, 고구려, 가야시대를 한참 거슬러 올라가지만…….

그럼, 흰 그릇은 어떻게 태어난 겁니까? 우리 집에는 제사 때 쓰는 그릇이 모두 흰 그릇인데요.

학생 하나가 손을 번쩍 들며 질문을 하였다.

백자는 검소함과 청렴함과 질박함을 숭상한 선비정신이 담겨 있다. 화려하고 과시적인 사치스러움을 배격한 것이다. 공기와 같이 무한하고 소박한 것을 담고자 하였다. 그리고 막사발 말이다. 백자가 선비정신을 담은 것이라면 막사발은 가난한 서민들이 아무 부담 없이 사용하였다. 너희들 집에도 함부로 쓰는 막사발이 있을 것이다. 그것이 임진왜란 때 일본으로 건너가 국보급이 되기도 했다만. 가만있자, 지금부터 느그들이 실지로 그릇을 만들어 보거라. 자기가 만들고 싶은 것을 만들면 된다.

삼수는 아이들에게 흙을 한 덩이씩 안겨 주었다. 그리고 그릇 만드는 법을 가르쳐 주었다. 아이들은 금방 그릇 만드는 데 정신을 빼앗겼다.

우리는 차라도 한 잔씩 나눕시다. 도자기 역사에 대해 깊이 잘 알지도 못하는지라 설명하자니 진땀을 뺐습니다.

여기 차 대신 자네를 생각하고 약주를 가져왔네.

듣던 중 반가운 소리네. 선상님과 술을 대작하려니 안주가 부실합니다.

기름기 흐르는 안주만 제일입니까. 산새소리, 맑은 공기도 안주지요.

그 말을 들으니께 풍류가 느껴집니다.

세 사람은 투박한 막사발을 술잔으로 남실 술을 들었다.

저 애들이 만든 그릇은 언제쯤 세상에 나오겠는가?

다음다음 장날 옹기전에 가기로 했으니께 그 안에 가마에 불을 지펴야것제. 그때 연락을 할 텐께 선상님께서 아이들을 데리고 오시오.

아이들이 무척이나 좋아하겠습니다.

김순열 선생은 삼수의 넉넉하고 투박한 인간미가 마음에 들었다.

그런디 일본 놈들이 뭔 전쟁을 일으켰담시라우?

삼수는 디룩한 눈으로 김순열 선생에게 물었다. 지난 장날 옹기전 주인장으로부터 그 말을 전해 들었다.

일본 놈들의 야욕은 끝이 없지요.

허면, 중국본토를 집어삼키겠다는 건가요?

어디 중국뿐이겠습니까. 세계대전에 뛰어든 것입니다. 분수도 모르고 광분하는 꼴을 보자니 울화통이 터집니다.

그럼, 이 나라는 뭐가 되지요?

세 사람은 잠시 숙연해졌다. 장차 저 아이들은 어찌 될 것인가. 암담하기만 하였다.

넋 잃은 세월

감꽃이 많이도 피었구나.

아버지가 제일 처음 감꽃목걸이를 만들어 주던 날이었다. 아버지는 눈처럼 소복하게 떨어진 감꽃을 아침 일찍 일어나 대광주리에 주워 담았다. 나는 오줌이 마려워 눈 부비고 일어나 그 광경을 목격하였다.

우리 공주, 일어났구나. 이리 오너라.

아버지는 즐거운 얼굴로 나를 불렀다. 나는 하품을 매단 채 아버지에게로 다가갔다. 그리고 떠듬하게 물었다.

이게 뭐예요?

감꽃이야. 맛이 어떤가 보련?

아버지는 감꽃을 앙증맞은 내 손에 쥐어 주었다. 나는 조심스럽게 감꽃을 입술 위에 올려놓았다. 달착지근하면서도 떫은맛이 입술 위에 감돌았다.

이리 와 앉으렴. 감꽃목걸이를 만들자꾸나.

아버지는 나를 곁에 앉히고 바늘에 명주실을 꿴 다음 감꽃 한

개 한 개를 지성으로 꿰기 시작하였다.

거참, 청승이 따로 없네요.

어머니는 그 모습을 바라보며 곱게 눈을 흘겼다.

감꽃은 순결을 지니고 있지. 우리 공주에게 딱 어울릴 거야.

아버지는 어머니의 눈 흘김을 흔연하게 받아넘기며 손놀림을 계속하였다. 나는 아버지 곁에 앉아 시나브로 감꽃을 주워 먹었다. 먹을수록 달착지근하면서도 신선한 맛이 우러나 자꾸만 손이 갔다.

그즈음 아버지는 약재상에 나가지 않았다. 나는 무슨 일인지 잘 몰랐다. 낮에는 약초를 채취한답시고 산에서 소일하였다. 밤이 돼서야 후줄근한 모습으로 돌아왔다. 약재가 필요한 사람은 집으로 찾아와 어머니에게서 받아갔다.

애 아부지는 어디 갔남?

손님이 아버지의 부재를 물을라치면, 어머니는 진귀한 약초가 있다 해서 지리산에 갔다고 얼버무렸다.

지리산은 원래 명산이라 진귀한 약초가 많다고 들었응께.

손님은 어머니의 말을 곧이들었다. 나는 어머니마저 아버지의 존재를 쉬쉬하며 숨기는 그 속내를 알 수 없었다. 아버지가 감꽃을 주워 감꽃목걸이를 만드는 것은 다분히 무료함과 초조함을 덜기 위한 것인지도 몰랐다.

자, 다 됐다. 목에 한번 걸어 보자.

아버지는 환하게 웃으며 정성 들여 만든 감꽃목걸이를 나의 목에 걸어 주었다.

이쁘다! 정말 공주가 되었다.

아버지는 나를 덥석 안아 무동 태웠다. 순간 아찔한 기분이 들었다. 아버지는 나를 무동 태우고 감나무 주위를 한 바퀴 돌았다. 나는 즐거운 비명을 질렀다.

그만하고 아침 드세요. 산에 가야 할 것 아니요?

어머니는 아침상을 들이며 시간을 일깨웠다.

자, 또 다음에 감꽃목걸이를 만들어 주마.

아버지는 나를 내려놓고 어머니와 마주 앉아 아침을 들었다. 감나무 가지에 까치가 날아와 감꽃을 쪼았다. 아침을 든 아버지는 도시락을 챙겨 들고 집을 나섰다.

썩을 놈의 시상…….

어머니는 아버지의 뒷모습을 말없이 지켜보며 혼잣소리를 하였다. 어머니의 한숨처럼 어른들의 세상은 강파르게 돌아갔다. 어린 나에게도 피부로 느껴졌다. 걸핏하면 부역에 동원되었고, 징용으로 끌려갔으며, 집집마다 놋쇠그릇 따위를 거두어 갔다. 전쟁물자로 쓴다는 것이었다. 우리 집도 천장 위에 감추어 놓았던 놋쇠그릇과 수저까지 공출당하였고, 어머니는 아버지를 대신하여 몇 번인가 부역에 동원되었다. 산에 가서 소나무진을 채취하여 비행기 연료로 쓴다는 것이었다. 어느 날 김순열 선생님이 가만한 걸음으로 찾아와 아버지에게 피할 수 있을 때까지 숨어 지내라고 하였다. 모두가 제정신이 아니었다. 나는 아버지가 만들어 준 시들어 버린 감꽃목걸이를 걸고 놀다가 가만히 머리맡에 놓았다. 내일 또 만들어 달라고 해야지. 나는 다음날 아침을 기다리며 잠이 들었다.

다음 날 아침, 눈을 부비며 아버지를 찾았다. 그러나, 내 기대와는 달리 아버지는 그날 밤 집에 돌아오지 않았다.

아부지는?

삼수네 아저씨 집에 가셨다. 오늘은 오시려는지 모르것다.

어머니는 나의 어깨를 다독였다. 나는 아버지가 돌아오면 감꽃목걸이를 만들거라고 감나무 그늘 아래에서 감꽃을 주웠다. 달착지근하면서도 입술에 떫은맛이 감도는 감꽃은 오늘 아침에도 수북이 쌓였다. 까치 한 쌍이 날아와 숨은 듯 감꽃을 쪼았다. 아버지는 내가 잠든 사이 밤늦게 돌아왔다. 머리맡에 감꽃을 주워 모은 광주리를 두고 아버지를 기다리다 잠이 들었다.

우리 공주가 아장거리며 감꽃을 주웠구나.

아버지는 나의 머리를 쓰다듬었다.

나 대신 당신이 감꽃목걸이를 만들어 주지 그랬소?

저저이 싫다는 걸요. 무슨 애가 당신만 좋아하는지 모르겠어요.

어릴 때는 다 그렇지 않던가. 이놈의 세상, 언제까지 암흑세계속에서 가슴 옥죄며 살려는지…….

삼수네 집은 별고 없던가요?

여기보다 더 산속이라 왜놈의 눈초리가 덜 하더군. 그래도 좌

불안석은 마찬가지지만……. 삼수와 뒷산 바위굴에서 여름을 숨어 지내기로 하였구만.

일제의 눈을 피해 살기가 정말 힘겹네요. 할 수만 있다면 그렇게라도 일제의 눈을 피해 살아남아야지요. 당신들은 전력이 있어 징용에 끌려갔다 하면 저그 남양군도 같은 몹쓸 곳으로 보내질 터인께.

그놈들이 우리들의 전력을 알기나 하것는가마는 간세질하는 놈들이 손가락총만 놓아도 불량선인이라고 내몰리는 판이니…….

그러게요.

어머니는 깊은 한숨을 내쉬며 아버지 품에 안겨들었다.

*

갑자기 만세소리가 먹장구름처럼 드센 바람을 타고 들려왔다. 사람들은 어리둥절하였다. 어느 미친 사람이 아니고서는 감히 만세소리를 내지를 수 없을 터였다. 일제는 입도 뺑긋 못하게 입에 재갈을 물리지 않았는가. 삼일만세 사건 때 들어 보고 처음이었다. 그러나 만세소리는 더욱 크게 합창으로 뒤엉켜 하늘을 진동시켰다. 사람들은 무슨 해괴한 일인가 싶어 하나둘 학교운동장으로 모여들었다. 어느 사이에 기세도 당당하게 펄럭이던 일장기 대신 태극기가 펄럭거리고, 사람들은 만세소리에 휩쓸려 흥분하기 시작하였다. 김순열 선생이 단상에 올라 목이 터져라 조국 해방을 외치고, 그때마다 만세소리가 온 고을을 뒤흔들었다. 군중들은 이내 학교운동장을 벗어나 가두행진을 하였다. 제일 먼저 주재소와 면사무소가 아수라장이 되었다. 일본순사들은 벌써 어디로 잠적하였는지 종적을 감추었고, 철창신세를 진 양민들이 풀려나면서 애꿎은 주재소만 분탕질쳤다. 만세행렬은 하루로 끝나지 않았다. 마을마다 친일분자들을 색출하는 분노의 함성이 여러 날 계속되었다.

조영과 삼수는 만세소리가 사흘 동안 진동한 뒤에야 세상이 뒤바뀐 줄 알고 뒷산 바위굴에서 나왔다. 그와 함께 만주와 서울 등지에서 활동하였던 우국지사들이 해방의 열기를 더하였다. 그 가운데 정미소 조카의 귀향은 단연 돋보였다. 만주에서 항일운동을 하였다는 혁혁한 전력을 유감없이 발휘하였다. 제일 먼저 친일분자들을 색출하는 일이었다. 어제까지만 해도 일제에 빌붙어 배를 불리고 세도를 부렸던 사람들이 죄인의 몸으로 끌려나와 군중들의 뭇매를 맞았다. 거기에는 다분히 사적인 보복 차원의 형벌도 깃들어 있었다. 정미소 조카가 그 점만은 자제해 달라고 호소하였지만 흥분한 군중들에게는 먹혀들지 않았다.

그들은 곧바로 인민위원회를 결성하고 건국치안대를 조직하여 혼란을 수습하고, 실질적인 통치기능을 발휘하였다. 삼수는 해방의 기쁨을 가슴에 안는 순간 적극적으로 건국치안대에 참여하였다. 그러나 얼마 못 가 미군정이 이를 부인함과 동시에 군정을 선언함으로써 인민위원회의 활동이 위축되었다.

어떻게 돌아가는 시상이여? 아, 우리 나름대로 자치기능을 유감없이 발휘하는디, 미군정이 왜 인정을 하지 않느냐 말이여?

삼수마저도 잔뜩 볼멘소리를 하였다. 정미소 조카를 비롯하여 지도자급 인사들은 서울, 부산, 광주 등지로 잠적하였다.

그게 외세에 의한 민족해방의 비애이자 한계 아닌가.

조영도 뭔가 마뜩찮았다. 아무리 그렇더라도 세상이 우습게 돌아가지 않는가.

친일파를 비롯한 민족반역자들이 미군의 비호 아래 슬그머니 기지개를 켜려고 하지 않는가. 말도 안 되제.

삼수는 세상 돌아가는 꼴이 영 마음에 들지 않았다. 조영은 뒤숭숭한 세태의 추이를 냉정한 눈으로 바라보았다.

삼수, 자네는 왜 갑자기 반탁운동을 하다가 찬탁운동으로 돌아섰는가?

나도 김구 주석과 임시정부계의 반탁, 그러니께 즉각 독립을 찬성했는디, 그게 아니드란 말시.

삼수는 떠름하게 대답하였다. 가슴 아픈 일이었다. 결국에는 불을 보듯 좌우익으로 대립할 것이다. 조영은 나름대로 현 시국을 진단하였다. 더욱 몸을 낮추어 어느 쪽에도 기웃거리지 않았다. 차분하게 일상으로 돌아가 그동안 마음고생 한 아내를 위하였고 약재상을 다시금 열었다. 삼수도 한동안 들뜬 가슴을 진정시키고 작업장에 묻혀 지냈다. 서로가 적조한 기운을 안고 생활하였다.

*

시국이 어수선한디 손님은 있는가 보네.

삼수였다. 뜻밖이었다. 소식이 없기에 열심히 도자기를 빚는가 하였다.

웬일로 나들이인가?

조영은 반가운 마음으로 자리를 권하였다.

자네 근황이 궁금하기도 하고, 옹기전 주인장께서 한번 다녀가라는 기별이 와서 같이 갈까 하고 왔네.

나 역시 그쪽 소식이 궁금하였네.

조영은 가게 문을 닫고 삼수와 옹기전을 향하였다.

자네 말일세. 머지않아 남한단독정부가 수립될 거라는 소문을 들었는가? 그리고 친일세력들이 일본인들이 강탈한 재산을 관리하는, 도저히 이해할 수 없는 일이 나를 심각하게 하네. 북한의 무상몰수, 무상분배 원칙에 의한 토지개혁과는 너무나 거리가 멀지 않는가?

차츰 나라가 안정되면 토지개혁이라든가, 친일세력들의 죄상을 명명백백하게 단죄하것제.

자네는 안일하게 생각하는 것 아니여? 나는 건국치안대에 있을 때 몇몇 동지들을 알게 되었는디, 그들의 말에 전적으로 공감하네.

자네가 공방에만 틀어박혀 있는 줄 알았는디?

나야, 가만히 은둔해 있제. 그들이 한 번씩 찾아와 진지하게 사상을 논하고 시국을 진단하네.

한쪽으로 치우치는 것은 좋지 않아. 항상 중심을 바로 세워야 하느니.

나 같은 놈이 한쪽으로 치우치면 얼마나 치우치겄는가. 자네도 한번 만나 볼랑가?

아니, 됐네. 나는 어느 쪽에도 관심 없네. 사람은 어느 곳에 처할지라도 분수를 알아야 하느니.

어디 두고 보세. 뜨뜻미지근하기는. 흐르는 물은 어느 한곳에 모이게 되니께.

조영은 속으로 놀랐다. 삼수는 이미 상당히 깊이 사상적으로 물이 들어 있었다. 잠시 말을 잊은 채 장터거리에 들어섰다. 옹기전 주인장은 손님과 마주하고 있었다. 누군가 하였더니 뜻밖에도 무인이었다. 반가움으로 얼싸안았다. 해방의 기쁨을 안고 이렇게 만날 줄이야!

모두들 무사히 오늘의 기쁨을 누리게 되어 반갑고 즐겁네.

그건 그런디, 나라가 두 동강 나 그렇소. 우리가 십시일반 상해임시정부에 독립자금을 보낸 그 기대삼이 영 말이 아니게 무너진 것 아니오?

꼭 실망스러운 것은 아니제. 나름대로 나라를 위해 몸 바치지 않았는가벼.

그렇지만도 다들 정치적 야욕을 앞세우지 않소. 김구 주석의 설 자리가 점점 좁아지지 않으요.

하긴, 돌아가는 정세를 보자니 분단의 비극을 맛보겠어.

정치 이야그는 관두고, 무인께서는 제대로 터전을 잡았는가요?

궁색하게나마 명맥을 유지하고 있네. 내가 이번에 여기 온 것은 두문골을 되찾고 싶어서네.

암만요. 찾아야지요. 일본 놈들이 내버리고 가 버렸응께 무인 어른을 기다릴 거구만요.

글쎄, 그랬으면 좋으련만…….

누가 그 두메산골을 거들떠나 보것소. 당장 같이 가 봅시다.

성질머리 급하긴. 가자마자 어둠이 지것는디. 오늘은 여기서 회포를 풀고 내일 일찍 가 보아.

옹기전 주인장이 삼수를 나무라듯 주저앉혔다.

삼수, 자네는 듣자니 도자기를 제법 빚는다면서?

아따, 뭔 소리다요. 그냥저냥 호구지책으로 만들구만이라우.

겸손하기는……. 저기 저 그릇들이 삼수 솜씨구만. 여기서 봐도 태깔이 나구만.

부끄럽게시리 객쩍은 칭찬은 그만두시고, 오신 김에 가마나 한번 봐 주시오. 내가 얼치기로 만든 거라 어째 좀 그렇소.

기꺼이 봐 줌세. 자네는 약재상을 한다지?

저도 호구지책입니다.

아니여. 이 친구야말로 가난한 사람들 병구완으로 인심을 얻었소.

당연히 그래야제. 두문골에서도 부상당한 의병들을 지성으로 간호하지 않았는감.

말이 나왔응께 하는 말이지만, 자네와 삼수는 항일운동으로 몸을 바쳤으니 그 공로를 인정받아야 하는디, 시상이 얄궂게 돌아가네.

우리 같은 사람들을 다 들추어 내자면 한도 끝도 없을 건디요. 옹기전 주인장이며, 무인어른께서도 의병 못지 않았응께요. 더러는 독립투사입네 하고 양철깡통처럼 소리를 내지 않습디요.

네 사람은 밤이 깊도록 술잔을 나누었다. 술잔이 오고갈수록 무인의 고생담이 가슴을 찡하니 울렸다. 아무런 연고 없이 섬진강을 건너가 자리를 잡기까지의 고생은 무인만이 알리라.

다음 날, 조영과 삼수, 그리고 무인은 아침 일찍 두문골로 향하였다. 간밤의 숙취로 머리가 어릿하였으나 두문골에 이를 즈음에는 신선한 산기운으로 정신이 말갛게 돌아왔다.

가만있자, 저 녀석이 아직도 저러고 있구랴.

부곡가마터를 올려다보던 무인이 걸음을 멈추었다. 왕명인의 아들이 여전히 실성한 모습으로 가마터를 파 뒤집고 있었다.

허허, 참말로 넋 잃은 세월이구만.

삼수는 쯧, 혀를 찼다. 세 사람은 가까이 다가갔다. 왕명인의 아들은 무인을 알아보고 싱긋이 웃음을 지었다. 땟물로 얼룩진

갈데없는 낭인의 형상이었다.

니가 아직도 한 가지 정신만은 지니고 있는가 보구나!

무인은 왕명인의 아들을 얼싸안으며 울음을 삼켰다. 두문골을 떠날 때 함께 가자 해도 한사코 도리질하였다. 강제로 데리고 가려는데도 죽자고 버티었다. 하는 수 없이 놔두고 갔는데 늘 목에 걸린 가시처럼 염려가 되었다.

그래, 어떻게 먹고 자고 지냈느냐?

그 물음에 왕명인의 아들은 턱으로 저 위쪽을 가리켰다. 위쪽 산그늘 밑에 까대기집 서너 채가 엎드려 있었다. 짐작컨대 산등성이 광산에서 광부로 일하던 사람들이 거처를 옮겨 사는 집인 듯싶었다.

아직도 누가 광맥을 파는가 봅니다.

남은 사람들이 갈 곳이 없어 눌러 지내는지도 모르제. 인자, 조금만 참거라. 내 다시 두문골로 돌아올 텐께.

왕명인의 아들은 알아들었는지 비죽 웃음을 흘리며 주머니 속에서 찻잔을 꺼내 보여 주었다. 니가 느그 아부지 혼을 찾는구나. 무인은 찻잔에서 눈을 뗄 줄 몰랐다.

세 사람은 두문골을 휘돌아 들었다. 계곡물소리가 반기었다.

복사꽃나무가 베어졌구나!

무인은 황폐하게 버려진 전경에 망연자실하였다. 일본 놈들이 황급히 떠났는지 파헤쳐진 동굴 앞은 어지러웠고, 막사 또한 폐가로 버려져 있었다.

아따, 난장판을 쳐놓았네. 이곳도 역사가 숨 쉬는 터전인디.

조영은 삼수의 말에 공감하였다. 세 사람은 휑하게 뚫린 동굴로 다가갔다. 흙더미야, 녹슬은 연장이야, 볼썽사나웠다.

여기서 무엇이 나올 거라고 이 지랄을 했을까?

무인이 심란한 얼굴로 가래침을 뱉으며 돌아서는데 동굴 속에서 시커먼 사내가 연장을 들고 불쑥 나타났다.

당신들은 누구요? 어디서 온 거요?

사내는 사뭇 시비조로 나왔다.

누구냐고요? 이분으로 말할 것 같으면 누대로 이곳에서 터전을 일구어 온 이곳 진짜 주인이요.

삼수가 퉁방울을 굴렸다.

주인이라고라우? 이 땅 임자는 난디 무슨 천부당만부당한 소리를 하시오.

사내는 가당찮다는 듯 험상한 표정을 지었다.

시방 시비를 하자는 거요? 조상대대로 살아온 주인을 몰라보고 어따 대고 눈을 부릅뜨는 거요?

삼수도 지지 않았다. 여차하면 메다꽂을 기세였다.

아니, 지금 누구더러 시비를 건다는 거요? 당신네들이 다짜고짜 홍두깨 내미듯 시비를 걸지 않소?

허어, 이 사람이 정말 주객이 전도되어도 유분수제. 무슨 낮도깨비 형상으로 대드는 거여?

그러지 말고 내력이나 들어 봅시다.

울큰한 성질을 내지르려는 삼수를 무인이 제지하였다.

내력이야 간단하지라이. 일본 놈들이 물러가면서 나한테 땅문서를 준 거요.

허면, 볼 것 없이 일본 놈들 밑에서 갖은 알랑방귀를 뀌었구먼.

삼수는 뇌꼴스럽다는 듯 코를 핑 풀어 던지듯 내뱉었다.

뭣이오? 듣자듣자 하니께. 이래봬도 똥줄 빠지게 일한 대가요.

그거사, 매치나 되치나 매한가지 아닌감. 오죽했으면 일본 놈들이 땅문서를 안겨 주었겠어.

정말 모난 소리만 해쌀 것이오?

흥분하지 마시고, 그쪽은 일본사람으로부터 땅문서를 받았고, 이분은 조상대대로 지켜 온 안태고향이니 상식적으로 누가 양보를 해야것소?

조영은 사내의 흥분을 진정시키며 사리분별을 바랐다.

안태고향은 고향이고, 땅주인은 엄연히 나요. 누가 뭐라 해도 그것은 되물릴 수 없는 현실이오. 이미 남의 손으로 넘어간 땅을 내놓으라는 법이 어디 있소.

이렇게 합시다. 그 땅문서를 내게 파시오.

그럼 주라는 대로 값을 다 주겠다는 것이오?

그런 법이 어디 있소. 일본 놈들에게 그냥 공짜로 얻어놓고……. 말이야 바로 하지만 이 땅값이 나가면 얼마나 나가것소? 양심 있는 짓거리를 해야제.

이 사람이 말끝마다 시비를 거네. 내 말은 천금을 준다 해도 안 판단 말이오.

오기로 나올 게 뭐 있소. 좋도록 마음을 되돌립시다.

안 팔겠다는디 웬 성화요. 이 땅굴 속에서 무엇이 나올지 아무도 모르요. 일본 사람들이 그냥 무지막지하게 땅굴을 판 줄 아시오?

허면, 금덩어리라도 나올 것 같으요? 일본 놈들이 뭣 땜새 이곳을 이 지경으로 만든 줄 아시오? 의병활동을 발본색원하자는 전략으로 이렇게 만든 것이오.

그걸 어떻고롬 아시오? 내가 듣기로는 저 위쪽 광산과 맥이 닿는다고 했소.

그럼, 당신이 저 위쪽 광산까지 동굴을 팔 생각이오?

삼수는 어처구니없다는 표정을 지었다.

그거사, 내 맘이지요. 하여간 땅문서는 넘겨주지 않을 것이니 그리 아시오.

사내는 가래침을 찍 내뱉었다. 도대체 씨알이 먹히지 않았다. 무인은 어쩔 수 없다는 듯 돌아섰다.

지금은 저래도 중간에 사람을 넣어 졸라 붙이면 성사되겠지요.

조영은 무인의 마음을 위로하였다.

그래야겠지.

무인은 부곡가마터에 이르자 걸음을 멈추었다. 왕명인의 아들을 찾았다. 파헤쳐진 가마터 위에 쭈그리고 앉아 졸고 있었다. 인기척소리에 게슴츠레 눈을 떴다. 눈꼽이 매달려 있었다.

나하고 가자.

왕명인의 아들은 완강히 도리질하였다.

아무래도 훗날을 기약해야겠소. 저 위쪽 까대기집에 가서 잘 부탁한다고 말하는 게 좋을 듯싶으요.

삼수의 말에 무인은 앞장서 산비탈 아래 웅크리고 있는 까대기 집을 찾았다. 햇볕에 검게 그을린 노인과 아들이 무료하게 앉아 있었다. 노인장의 아들은 왕명인의 아들보다 몇 살 많지 싶었다.

아, 조카된다고요? 그리고 두문골에 사셨다고요.

자초지종을 이야기하자 노인은 소탈하게 나왔다.

저러고 있는 모습이 가슴 아파 데리고 가자 해도 한사코 도리질이오.

그냥 놔두시오. 저 애의 유일한 낙이잖소. 잠자리와 끼니는 우리가 돌보니께요. 어째서 저리 되었는지 잘 알고 있소. 나와 아들도 광부로 끌려와 노예처럼 혹사당하였소. 우리도 죽을 고생을 했소만, 마을을 불태우다니 잔인한 놈들이었소.

노인은 곰방대를 재워 물었다.

고향에 돌아가지 않고요.

고향을 잊어 뿌렸소. 광산도 폐광이 되었고 해서 궁여지책으로 광산 빈 막사에다 염소와 닭을 기르면서 살고 있소.

두문골 땅굴을 일본 놈들에게 물려받은 작자는 금은보화가 나올 듯 하던디요.

그놈도 미친놈이오. 광맥이라도 온전히 찾았으면 일본 놈들이 저 지경으로 굴을 파다 말았겠소.

아무튼, 잘 부탁합니다. 머지않아 안태고향을 새롭게 일굴 생각이오.

염려 놓으시고 뜻한 바를 이루시오.

세 사람은 노인의 그 말을 따뜻하게 가슴에 여미고 부곡가마터를 뒤로하였다. 그리고 허정한 발걸음으로 장터거리 옹기전으로 돌아왔다.

어떻던가?

옹기전 주인장은 성급하게 물었다.

말도 마시오. 완전히 노략질 한 땅문서를 똥뱃장으로 내보이는 놈 땜새 분통만 터뜨리고 왔소.

삼수는 목이 마르다는 듯 단숨에 냉수를 들이켰다.

어느 놈이 주인 노릇을 하던가?

옹기전 주인장은 뜨악한 표정을 지었다.

일본 놈들 밑구멍이나 씻어 주던 시러베자식 같은 놈이었소. 도대체 씨알이 먹히지 않아 돌아섰는디, 옹기전 주인장께서 중간에 서서 물꼬를 터 주어야겠소.

삼수는 해를 가늠하고서 조영과 무인을 일으켜 세웠다. 세 사람은 옹기전을 뒤로 하고 삼수 집으로 향하였다. 쉬엄쉬엄 이야기를 나누며 삼수 집에 도착하였을 때는 어둠살이 내려앉았다.

공방이 제법 아늑하구랴. 인가와 사뭇 떨어진 위치여서 참 좋네. 조용하니 작업하기에 좋겠어.

맞습니다요. 솔바람소리, 새소리와 벗하며 물레를 돌리요.

항상 스스로 자족하여야 하느니. 자칫 욕심을 부리면 몸만 상하네.

그 점을 잘 알지라우. 그런디도 마음을 다스리는 게 쉽지만은 않구만요. 요즘같이 어수선하고 뒤숭숭한 시절에는 더욱 그렇소.

시절이 그럴수록 자기 분수를 알아야 하느니.

무인은 조영을 돌아보았다. 조영은 말없는 가운데 자신의 직분에 충실하고 치우침이 없는데, 삼수는 대조적인 일면을 지니고 있었다. 저녁상을 물리고 났을 때, 두 사내가 찾아왔다. 삼수는 마주쳐 나가 오늘은 손님이 왔다고 하자 귓속말을 주고받으며 돌아갔다.

누구여?

응. 학습을 하자고 왔구먼.

삼수는 무심을 가장한 얼굴로 대답하였다.

학습?

나도 쬐끔 시국도 알고 사상도 알아야제.

삼수는 너부죽 웃음을 지었다. 조영은 속으로 혀를 찼다.

갈등과 반목

뭔 시상이 요렇고롬 어수선하고 살벌하다요? 일제 때는 나라를 위해 일제에 저항했지만 같은 동족끼리 피 흘림이 뭐요. 모두가 이웃이고 인척 아니면 사돈에 팔촌 아니요.

소도댁은 장바구니를 들고 사색이 된 얼굴로 집에 들어섰다. 조영은 감나무 밑에서 간밤에 불어친 바람에 흰눈송이처럼 떨어진 이제 갓 피어난 감꽃을 주워 감꽃목걸이를 만들고 있었다. 딸아이는 남편이 감꽃을 정성스레 실에 뀔 때마다 앙증맞은 손으로 감꽃을 한 개씩 집어 주었다.

바닥이 소란하던가?

말도 마시오. 난리가 따로 없었응께요. 지서, 투표사무소가 아수라장이 됐당께요. 이러다 도처에 반란이나 안 일어날랑가 모르것소.

조영은 침잠한 표정을 지었다. 5 · 10개헌선거 저지투쟁은 5 · 10선거가 끝난 뒤에도 계속되었다. 김구, 김규식 등 단정, 단선을 반대하는 인사들의 공동성명서 발표로 그동안 숨죽이며 산악지역에 본거지를 둔 조직적인 무장단체가 지서, 투표소, 우익인사, 친일분자들을 습격하였다.

당신은 행여 동요하지 마시요이? 집 밖으로 한 발짝도 나가서는 안 돼요.

소도댁은 꺾쇠를 지르듯 말 못을 박았다.

걱정 말게나. 지금까지 조용히 귀를 막고 지내지 않는가.

조영은 여전히 침잠한 얼굴로 감꽃목걸이를 만들었다.

음마, 해방되고설랑 상당히 시국의 동향에 대해 관심을 갖던디.

소도댁은 살포시 눈을 흘겼다.

그때는 남북이 하나로 독립국가가 되기를 기대하였제. 그게 물 건너 간 오늘, 그저 그렇구먼.

조영은 여전히 어두운 그늘을 드리웠다. 아무리 사방을 둘러보아도 막막하고 답답하였다. 약재상 문을 닫은 지가 벌써 오래전이었다. 춘궁기를 맞아 그렇잖아도 초근목피로 연명하다시피하는데 갈등과 반목으로 어수선하게 돌아가는 시국은 사람의 마음을 더욱 피폐롭게 하였다.

우리는 그렇다치고 삼수네가 큰일입디다.

삼수가?

조영은 하던 동작을 멈추고 놀란 눈으로 소도댁을 올려다보았다.

그 양반이 저쪽으로 한발 내딛었다고 합디다.

저쪽이라? 조영은 이미 예견하고 있었다. 분명 주위에서 끌어들였을 것이다. 더구나 의병활동으로 산악지대를 익히 누빌 수 있어 지형정찰에 앞장설 수도 있을 것이고, 사격술이며 칼 휘두르는 법까지 숙지하지 않았는가. 그 위에 학습을 통하여 사상을 전수받았을 것이다. 그것이 단선적이고 고무선양적인 선동 구호성이었을지라도 분단의 양극화, 이념과 주의주장에 의한 사상대립, 거기에 무지한 촌민들의 감정분출은 사적인 보복행위까지 곁들여 세상이 얄망궂게 돌아갔다. 아무리 생각해도 이렇게 나가다가는 걷잡을 수 없는 탁류로 범람하지 싶었다.

앞날이 회색빛이었다. 올곧은 정신으로 이쪽저쪽과는 무관한, 소위 중도적 입지를 견지한다 해서 치막하고 살벌한 이 시절을 무난히 헤쳐 나갈 수 있을 것인가? 오히려 중도성향을 불순한 회색빛깔로 내몰아 입지를 곤궁하게 하였다. 어느 한쪽을 선택하라고 무언의 압박을 가하였다. 바람 앞에 흔들리는 촛불. 남풍 앞에서도 꺼질 듯하고 북풍 앞에서도 사위어질 듯한 촛불.

당신의 지혜로는 헤쳐 나가기 힘들겠지만 중심을 잃지 말고 삽시다. 썩을 놈의 시상, 일제 만행에 그만큼 시달렸으면 얼굴 맞대고 오순도순 살 것이제, 그놈의 사상이 뭐라고 이게 무슨 죽기살기 편가름이요, 그래.

소도댁은 말은 그렇세 하먼서노 마음이 놓이지 않았다. 아무리 굳건한 나무도 자꾸 흔들면 뿌리가 흔들린다고, 남편인들 온전히 버티어 낼 것인가.

아무 염려 말래도. 정 성가시게 하면 잠시 머리라도 깎고 절에 들어가지.

이래저래 또 생과부 만들게요?

소도댁은 맵싸하게 눈을 흘기며 장바구니를 들고 부엌으로 들어갔다. 소도댁은 요즘 들어 마음이 불안하였다. 안정이 되지 않았다. 남편이 곁에 있는데도 불쑥불쑥 어두운 그림자가 찾아 들었다. 의병으로 긴 시간 집을 비웠을 때도, 일본 놈들에게 모진 핍박을 받았을 때도, 마음의 평정을 잃지 않았던 소도댁이었다. 남편이 돌아올 것이라는 기도하는 마음과 믿음의 반석 때문이었다. 그런데 어느 곳에도 기웃거리지 않고 따뜻한 온기로 지켜주는데도 어찌하여 마음이 불안할까? 남편은 신탁통치반대 시위에 참여한 뒤로는 어떠한 유혹에도 동요하지 않았다. 하지만 그 속 깊은 마음을 알 수 없었다. 햇빛이 내리비치는 안온한 집안에서 평온함을 누릴수록 소도댁의 가슴 한구석에는 물안개와도 같은 불안한 그림자가 깔렸다.

그것은 어쩌면 유산에서 온 정신적인 후유증인지도 몰랐다. 해방의 기쁨에 들떠 있을 때 입덧이 났는데 남편이 반탁시위에 참여하던 때 공교롭게도 유산의 아픔을 당하였다. 남편은 그 일로 충격을 받았는지 이후로는 근신하다시피 행동을 자제하였다. 어쨌거나, 유산의 아픔을 겪은 뒤로 소도댁은 더 이상의 임신은 기대할 수 없다는 결론을 짓게 되었고, 그 허탈한 마음은 남편에 대한 불안감으로 전이되었다.

소도댁의 그 같은 불안감은 가을 추수기를 당하여 현실로 다가왔다. 미군정은 제주도를 작은 모스크바로 명명하여 한반도 지배전략의 최초의 장소로 선택하고 군정경찰, 행정관료, 서북청년단들이 좌익지도자 수십 명을 체포하고 연일 마을을 수색하였다. 테러를 자행하고 금품을 탈취하자 생존을 위해, 그리고 민족해방을 위해 제주 4·3봉기가 일어나고, 제주도 파병을 거부한 좌익계군인들을 중심으로 여순사건이 일어났다. 여순사건은 동족상잔의 제주도 출동을 반대하고 조국의 염원인 남북통일을 원한다는 나름대로의 반대논리요, 동족애였다.

여수에서 불쏘시개처럼 일어난 폭동은 순식간에 순천 등지로 인화되면서 걷잡을 수 없이 번졌다. 그 기세는 산불보다 더 맹렬하였다. 지금까지 산간지역에서 숨죽이며 암약하던 사람들이 폭동군과 합세하면서 마을을 무혈점령하였다. 하루아침에 세상이 뒤바뀐 것이다. 숨돌릴 사이없이 인민재판이 시작되었고, 친일성향으로 부를 누렸던 집들은 가차 없이 난타당하였다.

구장이 붙들려 갔다 안 하요.

구장이? 무슨 생퉁맞은 소리여?

조영은 아내의 말에 할 말을 잊었다.

사람을 잡을라거든 제대로 가려야지. 고지식하고 양순한 사람을 한쪽으로 내볼다니요.

내 한번 다녀오리다.

조영은 오랜만에 대문을 나섰다. 아예 문밖 출입을 하지 않은 터라 새삼 공기가 흉흉하였다. 구장은 핼쓱한 모습으로 집에 있었다.

생각지도 않은 봉변을 당했는가 보요.

말도 마시게. 삼수가 아니었으면 곱다시 당하고도 남았네.

삼수가요?

그쪽으로 기울어졌더구만. 세상이 어찌 될라는지…….

세상은 붉은 기로 출렁거렸다. 그러나 그 기간은 삼일천하에 불과하였다.

이번에는 더 엄청난 보복행위가 뒤따랐다. 반란군인, 남로당원, 좌익간부, 좌익청년, 학생, 노동자, 농민 등이 사살되거나 체포되었고, 심지어는 생매장되기도 하였다. 끔찍한 살인행위였다. 이쪽이나 저쪽이나 보복과 보복의 광폭한 행위는 소도댁을 끝없는 공포와 두려움으로 떨게 하였다.

세상에 이럴 수가 있는가? 소도댁은 남편을 끌어안은 채 숨을 죽였다. 급류에 휩쓸려서는 안 된다고 남편을 부여안았다. 고맙게도 남편은 소도댁의 간절한 마음을 잘 헤아렸다. 세상이 뒤바뀔 때마다 회유와 핍박과 감시 속에서도 소도댁을 따뜻하게 감싸 안았다.

이건 광풍이네. 미친 광풍이고말고.

남편은 혼잣소리로 마음을 다독였다. 허나, 그 광풍은 태풍이 물러가듯 해맑지가 못하였다. 더욱 반목과 불신이 지하수처럼 흘러내렸다. 사살되거나 체포되지 않은 폭동군은 산악지대로 도주하여 유격전을 전개하였고, 그들이 출몰할 때마다 그들과 내통한 자들을 색출한답시고 마을을 발칵 뒤집었으며, 그들에게 체포되었다가 풀려난 사람들이 애꿎게도 보복의 대상이 되었다. 여순사건은 그렇게 구름 속에 가리어진 혜성의 꼬리처럼 해를 넘겼다.

정말 손가락총이 무섭소이.

소도댁은 한숨을 돌리며 부르르 몸을 떨었다. 누구라도 손가락으로 심장을 가리키면 죽은 목숨이었다. 그 손가락 끝에는 개인적인 감정이 묻어나기도 하였다.

이것으로 끝났으면 좋겠는디 해묵은 빗맨치러 더께로 쌓이겠네.

조영은 오히려 마음이 놓이지 않았다. 용케 어느 곳에도 치우치지 않고 버티었다고는 하나, 그 점이 이쪽저쪽으로부터 눈 흘김을 받았다. 의심과 오해의 소지를 심어 주어 회색분자로 매김당하였다. 그렇다고 탄식을 한다 해서 해결될 것도 아니었고, 피신을 한다 해서 의혹의 눈초리에서 벗어날 수도 없었다.

감정의 골이 이렇게나 깊어 장차 혼사나 제대로 할랑가 모르것소.

소도댁은 제일로 얼굴 맞대고 사는 마을 사람들의 골 깊은 감정의 응어리가 가슴 아팠다. 부녀자들이 무얼 안다고 공동우물에서 물을 길으면서도 생뚱한 얼굴로 외면을 하는 모습들이라니. 엊그제까지만 하더라도 성님, 동상, 아짐 하던 사람들이 무슨 철천지원수나 된다는 듯 외면하고 반목하였다. 소도댁은 본의 아니게 이쪽저쪽으로부터 따돌림을 받았다.

자네 서방은 참 알뜰히도 위한다면서? 밤에는 산마실을 가고 낮에는 자네 치마폭에 감싸여 지내고, 자네 팔자가 상팔자네. 무단 없이 빙충맞은 소리로 비아냥을 치는가 하면, 자네 신랑은 이쪽만 바라보는 게 아니고 저쪽 산자락도 먼산바라기를 한다면서? 먼 산을 바라보려거든 똑 뿌러지게 바라보든지 하제, 어째서 이쪽은 힐끗거린단가? 그렇게 뜨뜻미지근하면 못쓰는 법이여. 허깨비 모퉁이 말을 서슴지 않았다.

얄상밉게도 삼수네가 더 그랬다. 삼수가 산사람이 되어서였을까, 두어 차례 모진 고문을 받고나더니만 소도댁을 바라보는 눈초리가 예전 같지가 않았다. 말로 위로해 줄 성질도 아니어서 소도댁의 마음이 아릿하였다. 그 좋던 우정이 쩍 금이 갔는가 싶어 더욱 행동하기가 어려웠다. 되도록 바깥출입을 삼간 채 대문 빗장을 걸었다.

삼수네만 해도 그랬다. 아녀자가 무슨 죄가 있다고 주리를 틀 것인가. 일제 때 남편이 의병이 되었을 때도 모진 고초를 당하였는데 같은 민족끼리도 일본 놈들의 수법을 그대로 물려받은 듯 사람을 진저리치게 하였다.

*

세월은 빠른 것인가. 또 한 차례 춘궁기를 넘기고 여린 감나무 잎이 파릇하게 움 솟더니 그 잎새에 수줍은 듯 감꽃이 피어났다. 이번 보릿고개는 유난히 어려웠다. 거두어들이는 잡부금이 어쩜 그렇게도 많은지 허리가 휘청거렸다. 미곡 수집비, 지서 증축비, 학교 증축비, 경관 조의금 등등 생뚱맞은 잡부금 고지서가 머리를 짓눌렀다. 노력동원도 다반사였다.

이러다가는 다리 밑 거지 신세가 되겄소.

소도댁은 껄렁한 나물죽을 상 위에 올려놓으며 한숨을 깨물었다. 그래도 남편이 부지런히 뒷산을 오르내리며 약초와 산나물을 뜯어오기에 부황은 면하였다. 하긴, 춘궁기야 매년 연례행사처럼 찾아오지 않는가. 머지않아 한여름이 지나면 오곡이 눈앞에 밟힐 것이다. 그렇게라도 풍년을 기대하며 사는 게 인생살이 아닌가. 소도댁은 껄렁한 죽을 훌훌 마셨다. 그나마 향긋한 약초냄새가 뱃속을 아련한 기운으로 채워 주었다.

오늘 산에서 우연찮게 삼수를 만났구먼.

삼수를요?

소도댁은 가슴이 철렁 내려앉았다. 우연찮게 만나다니? 아무래도 그건 아닌 성싶었다. 사전에 남편이 산에 오르는 것을 지켜보았거나 두 사람 사이에 어떤 밀약이라도 있었을 것이다.

뭐라고 합디요?

소도댁은 성급하게 물었다. 희멀건 죽이 목에 걸렸다.

오늘 밤이나 내일 밤에 찾아오겠다고 하더구만.

뭐시라우?

기어코 삼수가 무슨 일을 내려는가 보다. 포섭? 소도댁의 머리속은 금방 헝클어졌다.

신경 쓸 것 없네. 나는 요지부동인께.

조영은 소도댁의 구름장 낀 얼굴을 의식하며 힘주어 말하였다.

당신 맘을 왜 모르겠소마는 삼수가 찾아온 걸 알면 당신을 가만 놔두것소?

아무 염려 말래두. 내 어련히 알아서 대처할 것인께.

그나저나 삼수는 어떻고롬 변했습디요?

삼수네는 그 땜새 모진 곤욕을 당한다고 하였다. 무슨 똑 부러진 사상을 짊어진 것도 아니면서 산사람이 되다니. 무식한 대로 그릇이나 열심히 빚어 처자식 따습게 할 것이제. 하기야, 삼수를 나무랄 수만은 없었다. 이 시절에 태어난 운명 아니겠는가.

글쎄, 산사람이 되었드구만.

당신이 설득해 보시오. 마음 고쳐묵고 자수하면 평상하게 돌아올 것 아니요.

지금 돌아가는 상황을 몰라서 그러는 건가? 설득은 해 보겠네만…….

조영은 저녁을 물리며 침통한 표정을 지었다. 삼수의 몰골은 그야말로 산사람이었다. 얼핏 보면 몰라볼 정도였다. 지난날 의병시절, 때에 절고 구레나룻 시커멓던 그 형상이었다. 반가움보다 경계심이 먼저 들었다. 끈끈하고 질긴 우정이 이렇듯 거리감을 줄 줄이야. 경계심이 가시자 두 팔로 얼싸안고 우정을 나누었지만 주위를 의식해서인지 푸드득 날아오르는 장끼처럼 찾아오겠다는 말을 남기고 사라졌다.

삼수가 찾아온 것은 그 다음 날 자정 무렵이었다. 달빛이 창문에 비쳐 들었다. 소도댁은 놀란 가슴을 한동안 진정시킬 수가 없었다. 상상하였던 것보다 훨씬 험상한 산적 몰골이었다. 조영은 기다리고 있었다는 듯 소도댁과는 달리 조용히 맞았다.

집에서 오는 길이요?

소도댁은 생쿵한 언사로 물었다.

오늘은 집에 잠깐 들렀다 오요.

삼수는 번연히 알면서 어깃장지게 묻는 소도댁의 말을 천연하게 받아넘겼다.

허면, 다른 날은 집에 없단 말이요?

허허, 그렇게 되얏소. 시상을 살다 본께로 갈래 길이 여럿이오.

산을 오르는 길이 아무리 많다 해도 결국 정상은 하나 아니요?

능청스러운 삼수 말에 소도댁은 속으로 눈을 흘겼다.

어느 길이 옳은 길인지는 모르것소마는 정상을 향해 올라가야지라우.

삼수는 구레나룻을 내리 쓸었다.

웬만하면 집으로 돌아오시오. 본인은 말할 것 없고 집에 있는 처자식을 생각해사 쓸 것 아니오.

누가 아니요만, 구름 한 점 없는 밝은 시상이 오면 저절로 발걸음이 집 앞에 이를 것이오.

금메라우. 그쪽에서 말하는 밝은 시상이 어떤 것인지 잘 모르것소. 남정네들 하는 짓거리라든가, 시상 돌아가는 꼴이 우습기만 하요.

쬐끔만 기다려 보시오. 명경지수맨치러 환하게 밝아질 텐께.

어따, 그 시상이 뭘 말하고 언제 돌아올께라우? 부질없는 고생이나 다름없제.

믿음은 중요한 것이요. 우리가 일제의 암흑 속에서 절망하고 있을 때 단비처럼 해방의 기쁨을 맛보지 않았소. 헌디, 외세에 의한 해방이다 보니 시상이 이 지경에 이르렀소.

날 찾아온 용건이 뭔가?

그때까지 가만히 듣고만 있던 조영은 끊어치듯 물었다. 지난날의 텁텁하고 소탈한 우정 어린 대화에서 멀어진 듯하여 이질감이 가슴을 파고들었다.

내 정신머리 좀 보게. 김순열 선상님 알제? 우리랑 같이 있는디…….

김순열 선생?

조영은 깜짝 반기듯 반문하였다. 시절이 뒤숭숭하고 살벌하게 돌아간 뒤로 김순열 선생을 만나 보지 못하였다.

그 선상님이 제발로 찾아왔던가라우?

소도댁은 몇 번의 방문으로 김순열 선생의 참한 모습을 잘 알고 있었다. 삼수와 같이 있다니, 도저히 이해가 되지 않았다. 김순열 선생이 저쪽 사상에 경도될 사람이 아니었다. 언제 보아도 자기중심을 잃지 않았으며 신념 또한 뚜렷하였다. 아무리 담장이 허술하고 낮아도 남의 집안을 훔쳐볼 위인이 아니었다.

숨은 사연이라도 있단 말인가?

조영은 다급하게 재우쳐 물었다.

사정이 그렇게 되얏구만. 그것도 참 얄궂게 말이여.

얄궂게? 필시 무슨 곡절이 있지 싶었다. 조영은 생각에 잠겼다. 자신도 전혀 예상하지 못한 운명에 의해 의병이 되지 않았던가.

그, 뭐시냐. 그러니께 한참 긴박하게 총격전이 벌어졌을 때, 전세에 밀린 우리 대원 몇이 당직실에 뛰어들었구만. 김 선상님이 학교 당직을 하고 있었네. 위기를 모면하기 위해 김 선상님을 인질로 삼은 것은 아니었네. 다급한대로 숨겨 줄 것을 바랐는디, 우리 대원의 처지를 딱한 마음으로 받아들였네. 순전히 동포애로 말일세.

거창하게 갖다 댈 것은 없네요. 총부리를 가슴팍에 들이대는디 어느 누군들 감히 저항하것소.

허어, 소도댁은 어씨 그리 속 좁은 소리를 하시오. 지식인이라면 현재의 시국을 잘 알고 있지 않소. 우익의 진수렁 속에 육신과 영혼이 몽창 빠진 사람이 아니라면 분단의 비극을 외면하것소.

김순열 선생은 사회주의 사상이라든가, 자유민주주의 이념을 꿰뚫고 있었다. 그런 점에서 조영과는 대화가 되었다. 어느 쪽에도 기울지 않는 저울추였다. 그러기에 어느 순간 한쪽으로 기울지는 않았을 것이다.

우리 대원들은 한 마음으로 사지를 벗어나려고 하였네. 그런디 재수 없게도 기습공격을 받았네. 김 선상님이 그만 총상을 입고 말았네. 내가 들처업고 냅다 뛰었네. 우리만 살자고 거기에 놔두었더라면 피를 흘리고 죽었거나, 붙잡혀 억울한 죄명을 둘러썼을 거여.

그래, 지금 어디 있는가?

조영은 어두운 그림자를 드리웠다.

우리하고 같이 있는디 상처가 깊네. 그래서 자네가 필요하네. 어떻게든 꼭 건강을 되찾아 주어야겠다는 것이 나의 신념이고 도리이네.

그라면 애 아부지도 덩달아 산사람이 되란 말이요? 안 돼요. 차라리 우리 집에서 치료를 받게끔 데리고 오시오.

소도댁은 삼수의 간청에 남편의 마음이 움직일까봐 신경이 쓰였다. 그들의 은신처를 찾아간다는 것은 위험한 처사였다.

그 마음을 왜 모르겄소마는 김 선상님의 이름이 저쪽에 이미 올라 있을 것이고, 소도댁도 그로 인해 불이익이 돌아올지 모르요. 무리 가운데 흰 새는 금방 눈에 띄지 않습디요.

그럼, 이 밤으로 같이 가자는 건가?

조영은 결론을 내리듯 물었다. 김순열 선생만은 살리고 싶었다. 건강이 회복되어야만 자신의 입장을 명명백백 밝힐 수 있을 것이다. 뭇가름. 그 비정한 경계를 너무나 확연히 피부로 느끼지 않았는가.

내일 낮에 약초를 캔답시고 자연스럽게 산에 오르게. 엊그제 만났던 그 자리에 내가 마중 나가 있을 텐께.

허면, 며칠 걸린단 말이요?

그거사, 이 친구 맘에 달렸지라우. 이만 난 가네.

삼수는 소도댁이 말꼬리를 더 물고 늘어질까 봐 자리에서 일어났다. 금방이라도 새벽닭이 홰를 칠 것 같았다.

당신, 정말 갈 것이오?

소도댁은 삼수가 가고나자 불안한 눈길로 물었다.

일단 상태를 한번 보고 싶소. 그리고 무엇하면 우리 집에 데리고 와서 조용히 치료를 해 주고 싶소.

그 마음은 알것는디 어짠지 어두운 그림자가 일렁이요. 다시금 골똘히 생각을 여미어 보시오.

나도 그 점을 모르는 바 아니지만 김 선생을 꼭 살려 내고 싶으오. 그만한 사람이 그렇게 죽는다면 억울하지 않겠소.

조영은 소도댁의 마음을 안정시켰다. 희붐하게 날이 밝아오자 조영은 치료에 필요한 약재와 노구들을 챙겼다. 소도댁은 찌뿌드드한 얼굴로 부엌에 들었다. 조영은 아침을 기다리는 동안 감나무 밑에 나가 감꽃을 주었다.

감꽃은 주워 뭣 할라요. 아침이나 드시오.

소도댁은 토심스럽게 내뱉었다. 마음이 영 밝게 개이지 않았다.

감꽃목걸이?

딸아이가 부수수 잠에서 깨어나 내달려 왔다. 조영은 딸아이가 감꽃을 한 개씩 넘겨줄 때마다 정성스레 실에 꿰었다.

자, 우리 공주. 이쁘다!

조영은 아침햇살이 토방마루에 비쳐들 때쯤 딸의 목에 감꽃목걸이를 걸어 주었다. 그리고 아침을 든 다음 약재망태를 짊어졌다.

언제 돌아오실 거예요?

응, 내일 아침 감꽃이 떨어질 때 돌아오마.

나도 감꽃목걸이 만들 거야. 아부지 돌아오면 아부지 목에 걸어 줘야지.

오냐, 오냐. 우리 공주.

조영은 딸의 머리를 쓰다듬고 나서 집을 나섰다. 대문을 나선 조영은 마을을 휘움하게 돌아 나갔다.

조영은 잽싸게 산을 올랐다. 삼수가 약속장소에서 기다리고 있었다. 삼수가 조영을 데리고 간 곳은 험준하고 가파른 산정에 위치한 바위굴이었다. 조영은 의병시절 이 바위굴에서 은신해 있었던지라 새삼 감회가 어리었다. 바위굴은 겨우 한 사람이 드나들 정도의 입구와는 달리 안쪽은, 삼십여 명은 넉넉하게 품

안아 줄 만큼 깊고 넓었다. 임진왜란과 병자호란 때도 주민들이 난을 피해 이곳에 숨어 지냈고, 일제 때는 항일투사들이 은신한 전략적인 요충지이기도 하였다. 그런데 지금은 또 다른 상황에 처한 사람들이 은신처로 삼고 있음에랴.

삼수의 뒤를 따라 조영이 굴 안으로 들어가자 수십 개의 눈이 꽂혀 들었다. 김순열 선생은 가장 안쪽에 누워 잠이 들어 있었다.

새벽녘까지 고통스러워하더니 잠이 들었는가 보네.

삼수는 김순열 선생을 깨울세라 가만한 소리로 말하였다. 주위의 눈들은 조영을 지켜보았다. 김순열 선생은 대퇴부에 총상을 입고 있었다. 뼈는 다치지 않아 불행 중 다행이었다. 상처를 어루만지자 고통스러운 얼굴로 눈을 떴다.

김 선생……!

어떻게 아시고…….

두 사람은 잠시 목이 메었다. 이렇게 만날 줄이야. 비극이 따로 없었다.

상처는 어떤가?

삼수는 근심 어린 눈으로 물었다.

피를 많이 흘린 데다 치료를 제대로 못하여 곪았네. 상처 부위를 불로 지지고 곪은 데를 도려내야겠어.

그러면 온선히 완쾌되것는가?

그럴 듯싶으이. 시간이 오래 걸리겠지만.

진즉 자네를 부를 것인디 미련스러웠네.

삼수는 적이 안심을 하였다. 조영은 곪은 곳을 도려내고 치료를 하였다. 마취제도 없이 불에 달군 칼로 곪은 부위를 도려내는 고통과 아픔을 김순열 선생은 이를 악물고 참아 냈다. 치료가 끝났을 때는 김순열 선생은 탈진상태였고, 조영의 이마에는 땀방울이 맺혀 떨어졌다.

고맙습니다. 이제 나을 것 같습니다.

김순열 선생은 고통에서 벗어나자 스르르 눈을 감았다. 조영은 비로소 주위 사람들과 어색한 얼굴로 인사를 나누었다. 하나같이 낯설지가 않은 얼굴 같은데도 낯설게 다가왔다.

삼수 동지와는 의병활동을 함께 했다면서요?

제일 연장자인 듯싶은 박 동지가 친근하게 말하였다. 이들은 이름을 생략하고 성씨만을 밝혔다.

그랬소만 활동이 미미하였소.

아니오. 얼마나 값진 항일투쟁이오. 전력이 그럴진대 왜 삼수 동지처럼 나서지 않고 집 안에 들어앉은 게요?

내가 할 일은 따로 있다고 생각한 거요.

따로 있다고요? 겨우 약초나 채취하며 세상을 회색빛으로 바라보는 것이 본분이란 말이오?

제각기 타고난 품성을 올곧이 지니고서 제 할 일을 하는 것이 나라를 위하고 가정을 위하는 것이오.

허허, 그야말로 자기 안주에 급급한 사상을 지니고 있구려.

정중히 모셔온 손님이나 다름없는디 무슨 입씨름이시오? 이 친구의 알짜배기 사상을 몰라서 그런 거요.

삼수가 조용히 좌중을 다스렸다.

흥, 알량한 약재술로 구제창생을 한다는 건가?

아따, 황 동지는 어찌 그런 무례한 소리를 하시오? 의술로 남을 돕는 것도 일종의 구국이오. 상처 난 병사를 돌보는 것은 고귀한 정신이잖소.

그려, 그려. 김 선상 상처나 잘 낫게 해 주시오.

그럼, 한 이틀 지나서 다시 오겠소. 그때는 김 선생을 업고서라도 모시고 가 치료해야겠소.

조영은 씁쓸한 기분을 안고 김순열 선생과 일별한 다음 자리에서 일어났다. 막무가내로 사람을 다잡아 끌어들이려는 무지한 언사가 마음을 언짢게 하였다. 삼수가 어떻게 저런 무리들에게 휩쓸려 들었는지 한심하기까지 하였다.

가려고요? 그건 곤란하오.

지금까지 잠자코 지켜보고 있던 권 동지가 조영의 앞을 가로막았다. 권 동지는 다른 대원들과는 달리 이지적인 면이 있어 보였다.

곤란하다니요?

조영은 의아해하였다.

김 선생 상처가 완쾌될 때까지 우리와 함께 있어 주어야겠소.

그건 또 무슨 말이지요?

조영은 난감한 표정을 지었다. 처음부터 가볍게 생각하고 온 것이 잘못이었다.

생각해 보시오. 조영 동지께서 사흘거리로 출입이 잦다 보면 보안상 문제가 생길 게 아니오. 우리의 은신처가 조영 동지로 하여 만에 하나 노출되어서는 곤란하다, 그 말이오.

맞어. 그 점을 미처 생각하지 못하였네.

대원 하나가 머리를 끄덕였다.

듣고 보니 일리가 있는 말인디 어째겠는가.

삼수는 난처한 얼굴로 조영을 돌아보았다. 김순열 선생의 상처가 하루이틀 사이로 낫는 것도 아니겠고, 조영이 어떤 갈등을 안고 내려갈지 몰랐다. 권 동지의 말은 조영이 밀고라도 할지 모른다는 의문부호가 내포되어 있었다. 조영은 바싹 입이 말랐다. 이것은 억류나 다름없었다. 집에서 가슴 졸이며 기다릴 아내의 모습이 눈앞에 다가왔다. 조영의 부재를 알게 되면 또 무슨 억측과 오해가 뒤따를지 모르는 일이었다.

집에서 걱정할까 봐 그러시오? 그 점은 삼수동지더러 집에 내려가 사정을 이야기하고 안심시키도록 하겠소.

권 동지는 결론을 내리듯 말하였다. 조영은 쓰거운 마음으로 주저앉았다.

너무 걱정 말게. 내 알아서 자네 집사람을 안심시키겠네. 자네가 있어 준께 김 선상님뿐만 아니라 우리 모두 마음 든든하구랴.

암만. 조영 동지야말로 꼭 필요한 사람이오. 전쟁터에서 의사는 없어서는 안 될 존재지요.

조영은 권 동지의 그 말에 순간 의병시절을 떠올렸다. 부상당한 의병들을 떠맡다시피 치료를 하였다. 그렇다면 권 동지는 나를 아주 붙잡아 둘 계산속인가? 이들은 누구를 위해 여기에서 생사를 넘나들며 풍찬노숙을 하는 건가?

저 때문에 행동의 제약을 받아 어쩌지요?

김순열 선생은 가만히 한숨을 내쉬며 미안한 마음으로 조영을 위로하였다. 자신도 이들을 보호해 주려다 이 지경이 되었다. 권 동지 말고는 선동에 경도되어 휩쓸린 무리들이었다. 권 동지가 매일 학습을 시키는데도 별무신통이었다. 사적인 울분과 더 좋은 세상을 맹목적으로 새기며 추종하였다.

하는 수 없지요. 김 선생의 상처가 빨리 낫기를 바랄 수밖에요. 그때 함께 내려갑시다.

조영의 체념 어린 말에 김순열 선생의 마음은 해맑지 못하였다. 상처가 완쾌된 뒤에도 조영을 순순히 놓아 보내주지 않을 성싶었다. 앞으로 전개될 상황을 예측할 때 이들은 더욱 궁지로 몰릴 것이고, 그렇게 되면 사방에 흩어져 있는 무리들이 한곳에 모여들겠지. 더불어 부상자가 생겨나고, 그때마다 조영을 필요로 할 것이다. 김순열 선생도 상처가 완쾌되더라도 빠져나가기가 어려우리라. 기밀유지를 위해서, 그동안 많은 정보를 알고 있기에 순순히 밖으로 내보내지 않을 것이다. 그때는 조영과 긴밀히 탈출을 꾀하는 수밖에.

조영의 간호는 극진하였다. 김순열 선생의 상처는 예상 밖으로 회복 속도가 빨랐다. 조영을 지켜보던 대원들은 조영을 다시금 인식하기 시작하였다.

뛰어난 의술이오. 시절이 온전하였으면 훌륭한 의원이 되었을 것인데 안타깝소.

권 동지는 조영의 차분한 인품에 매료되었다.

옛날에 간판 걸고 의원 노릇한 사람이 어디 있었는감.

그거사, 돌팔이 약장사 말이제. 옛날에도 엄연히 시험제도가 있었다고.

암만. 사람의 목숨을 담보로 하는 직업인디 아무나 인술을 펼 수 있는감.

대원들은 처음과는 달리 조영에게 호의적이었다. 자신들도 언제 조영에게 상처 난 부위를 내맡길지 몰랐다.

이제 걷는 데는 불편을 모르겠습니다. 은혜를 깊이 입었습니다.

김순열 선생은 보행이 자유롭자 한결 밝은 얼굴이었다. 생기가 돌았다.

어쩔 것이오? 이제 걸어 내려가야지요.

조영은 이미 김순열 선생의 의중을 헤아리고 있었다.

함께 나가야지요. 적당한 기회를 엿봅시다.

두 사람은 은근한 눈길을 주고받았다.

그런데 정말 삼수 말처럼 이들을 보호해 주려다 총상을 당한 것이오?

조영은 귓속말로 가만히 물었다. 그 점이 줄곧 궁금하였다.

당직을 서고 막 퇴근하려는데 저들이 들이닥쳤어요.

김순열 선생은 생각만 해도 악몽 같았다. 그리고 곧바로 총격전이 벌어졌다. 그러나 수적으로 상대가 되지 않았다. 그들은 산쪽으로 도주하기 시작하였다. 가파른 생사의 갈림길이었다. 김순열 선생은 책상 밑으로 기어들었다. 그때 허벅지에 총알이 박혀 들었다. 창문을 뛰어넘으려던 삼수가 이를 목격하고 되돌아와 둘러업었다.

그때 차라리 놔두었더라면 이런 궁색한 처지가 되지는 않았을 것인데 원망스러워요.

삼수를 원망할 수만은 없지요. 출구를 찾아봅시다.

조 의원님을 더 궁핍하고 불리하게 만들어서는 안 되겠지요.

그러나 두 사람의 탈출은 쉽지가 않았다. 한 차례 격전이 벌어진 다음 날, 권 동지는 총상을 입은 대원을 어깨에 둘러메고 더 깊은 산속 유격대에 합류하였다.

자네나 김 선상이나 벌써 이마에 문신이 찍혀졌응께 집에 가봐야 고통만 당할 것이여. 시상이 뒤바뀔 때까지 우리와 생사고락을 함께 할 수밖에 없것네.

삼수는 대원들의 의중을 대변하였다. 밖에서는 이미 산사람으로 분류하였는지도 몰랐다. 하지만 이건 아니었다. 조영과 김순열 선생은 이끌려 가면서 두 손을 힘주어 잡았다. 기회는 얼마든지 주어지기 마련이라고.

소용돌이

나는 그날 이후 아버지의 생사여부를 알 수 없었다. 해마다 감꽃은 피고 떨어졌다. 감꽃을 주워 모아 감꽃목걸이를 만들었다. 아버지가 돌아오시면 목에 걸어 드리겠다고. 그러나 허망하고 부질없는 짓이었다. 산산이 부서진 꿈이 되고 말았다. 전쟁이 터진 것이다.

진짜 전쟁인 갑다!

어머니는 몸을 부르르 떨며 어찌할 바를 몰랐다. 그렇잖아도 지난번 폭동 때 산 쪽에 위치한 집들을 소개시키고 불 질러 주위가 삭막한 터라 전쟁의 공포는 가슴을 옥죄어 들게 하였다. 나도 덩달아 두려움에 떨었다. 그런데도 어머니는 피난을 가지 않았다. 마땅히 피난 갈 곳도 없었거니와, 행여나 아버지가 화약 냄새를 뒤집어쓰고 돌아오지 않을까 하는 기다리는 마음이 자리하였다.

누가 아냐. 이 기회를 틈타 느그 아부지가 돌아올지.

어머니는 낮이나 밤이나 살벌한 바깥공기를 주시하며 아버지를 기다렸다.

세상은 갑자기 뒤바뀌었다.

뭔 놈의 시상이 풀대죽 끓으댓기 한다냐.

사람들은 심란한 가슴을 안고 동요하였다. 동굴 속의 박쥐처럼 숨죽이고 있던 인사들이 제 세상을 만난 듯 선동구호를 외치며 선량한 사람들을 한쪽으로 몰아갔고, 붉은 기가 나부끼고 붉은 완장을 찬 사람들이 민심을 선도하였다. 또다시 보복의 피 흘림이 자행되었다. 그전보다 더 무자비하고 잔인하였다. 죽창이 난무한 가운데 이성을 잃었고 혼들이 빠져나갔다.

나는 주위의 살벌한 공기가 그저 두렵고 무서웠다. 잔뜩 웅크린 어머니의 모습이 더욱 그랬다. 추풍낙엽을 비질하듯 언제 예고 없이 광풍이 짓쳐올지 몰라 전전긍긍하였다. 그때 구세주처럼 삼수아저씨가 나타났다. 위세가 당당하였다.

고생이 많았지라우. 인자, 밝은 시상이 왔응께요.

밝은 시상이나 마나 애 아부지는 어떻고롬 되얏소?

어머니는 가슴에 쌓여 있던 원망과 고통을 내쏟으며 따지듯 물었다.

걱정 마시오. 야전에서 부상당한 사람들을 돌보고 있응께요.

삼수아저씨는 너부죽 웃음을 매달았다.

거기가 어디요?

어디라면 찾아갈 거요?

못 찾아가란 법도 없지라우. 이렇게 앉아서 두려움에 떨며 기다리느니 찾아나서기라도 해야 쓰것소.

어머니는 포르라니 역성을 내듯 삼수아저씨를 다잡았다.

가만있으시오. 기회가 나면 집으로 돌아올 것인께. 너무 염려할 것 같아서 소식을 전하러 온 것이오.

허면, 처자식도 잊어뿐 채 그쪽 물이 들었다는 거요?

허허, 처자식을 왜 잊어뿔것소. 그 친구 속내는 아직도 회색빛을 드리우고 있소만, 시상이 달라졌는디 별수 있을랍디요.

삼수아저씨는 어깨를 다독이듯 말하고 횡하니 돌아섰다. 삼수가 저런 면이 있었나? 어머니는 삼수아저씨의 돌변한 모습에 어안이 없어 하였다. 나는 삼수아저씨의 출현으로 한 가닥 희망을 가졌다. 아버지가 살아 있다는 것, 집으로 돌아올 기회를 엿보고 있다는 것이었다. 어머니도 그 같은 기대감으로 다소 안심하는 듯하였다. 세상은 인민재판이다, 학습이다, 숨 가쁘게 돌아갔고, 선동구호가 가슴을 때렸다. 어머니는 문을 닫아 건 채 아버지를 기다리는 마음으로 치성을 드렸다. 하긴, 사방을 둘러보아도 연약한 아녀자가 나설 만한 곳은 없었다.

나는 집 안에 갇혀 지내면서 배고픔을 이겨 낼 수 없었다. 보릿고개 때는 나물죽이라도 마음 편하게 먹을 수 있었는데, 잔뜩 위축된 살벌한 공기 속에서는 주먹밥을 먹어도 소화가 되지 않았다. 어머니도 마찬가지였다. 반찬새가 부실해서도 그랬지만 끼니를 들고 나서도 허접한 뱃구레 속에 들어찬 냉기류를 헛구역질로 토해 냈고, 씁쓰레한 입안을 헹구기 위해 냉수를 들이켰다.

물은 유일한 풍년거리였다. 아무리 마셔도 샘물은 조금도 줄어들지 않았다.

배가 고플수록 정신을 놓아서는 안 된다. 알것지야?

나는 어머니의 그 말을 밥알을 씹어 삼키듯 가슴속에 저장하였다. 아버지가 돌아올 날을 기다리며 배고픈 설움을 참아 냈다.

가을은 그런대로 굶주림을 면하게 하였다. 풋감이며, 밤이며, 메뚜기며, 주위의 나무열매와 비루먹은 벼이삭까지 허기진 배를 달래 주었다. 나에게 제일로 만만한 것은 풋감이었다. 두어 개만 따 먹어도 뱃속까지 떫어 창자가 뒤틀렸지만 간짓대로 손쉽게 딸 수 있는 게 풋감이었다. 밤사이 바람에 떨어진 풋감을 된장 속에 묻어 두기도 하였는데, 신통하게도 된장은 떫은맛을 없애 주었다. 홍시는 말할 것도 없었다. 아버지는 맨 먼저 나에게 홍시를 따 주곤 하였다. 우리 공주, 홍시 맛이 어떠냐? 아버지의 음성이 뒤따라와 뭉클 그리움이 솟기도 하였다.

알밤을 줍거나 메뚜기를 잡는 것도 재미있었으나 어머니가 별로 좋아하지 않았다. 위험하다는 것이었다. 어머니는 사람을 멀리하는 증세가 나타났다. 누구든 만나기를 꺼려하였고, 누가 찾아오는 것을 달가워하지 않았다. 간혹 호수에 돌멩이를 던지듯 삼수아저씨가 쌀 포대를 들고 찾아오기라도 하면 굳은 얼굴로 주위를 의식하였다. 삼수아저씨는 어머니가 반기지 않는데도 아버지의 심부름이라며 넉살 좋은 웃음을 흘렸다. 훗날, 어머니의 사람에 대한 기피증은 거기서 비롯되었다.

삼수아저씨 말이 나왔으니까 말인데, 어린 나로서는 삼수아저씨가 무슨 일을 하는지 잘 몰랐다. 간혹 우리 집에 쌀말이나 가져다주는 것으로 보아 상당히 권위적인 위치인가 보았다. 어머니는 삼수아저씨에 대해 가타부타 말이 없었다. 어쩌면 삼수아저씨로 하여 원망이 생겨나지 않았는가 짐작하였다. 왜냐하면 삼수아저씨가 아버지를 데리고 갔기 때문이었다. 아버지의 부재는 전적으로 삼수아저씨의 책임이라는 것이었다. 나 역시 어머니의 생각과 같았다. 총상을 입은 김순열 선생의 상처를 치료해 주었으면 온전히 집으로 돌아와야 하는데 아직까지 돌아오지 못한 까닭은 어디에 있는가? 분명 무언가 피치 못할 사정이 있지 싶었다. 부상당한 사람들을 돌본다고? 어머니는 삼수아저씨의 그 말에 아버지가 본의 아니게 억류되었을 것이라고 짐작하였다.

어쨌거나, 삼수아저씨는 아버지와의 우정을 소홀히 하지 않았다. 어머니가 굳게 대문을 걸어 잠갔는데도 마음을 썼다. 그런데 주위에서는 우리를 사시의 눈초리로 바라보았다. 아버지의 사상을 곡해한 것이다. 아버지가 삼수아저씨 이상으로 붉은 물이 들어 그림자를 내비치지 않는 채 삼수아저씨의 뒤에서 암약할 것이라고 하였다. 그 의구심은 전쟁이 끝나고 나서 더욱 확고한 올가미로 씌워져 어머니에게 모진 고통을 안겨 주었다.

전쟁의 양상은 해가 갈수록 살벌하게 돌아갔다. 처음에는 무혈입성하다시피 하여 붉은 물결로 출렁거리는가 싶더니, 연일 쌍방 간의 총격전이 벌어지고, 보복과 살상이 반복되었다. 상황이 그렇다 보니 서로가 불신하였고 적대시하였으며, 유혈이 낭자한 냉기류 속에서 말문을 닫았다. 모두가 목숨을 부지하기 위해 전전긍긍하는 가운데 반목과 불신만 화염처럼 자우룩하였다.

밤 손님? 그러면 낮에 찾아오는 우리들은 뭐야?

그 말과 함께 총개머리판이 어깻죽지에 날아들었다. 밤 손님들도 마찬가지였다. 우멍하게 짖는 개를 인정사정 볼 것 없이 때려죽이고 소 돼지를 끌고 가는가 하면 애먼 사람들에게 분풀이를 하였다. 이래저래 죽어나는 건 양민들이었다. 가장 혐오스럽고 공포심을 몰아오는 것은 가차 없는 손가락총이었다. 여순사건 때도 그랬지만 이쪽저쪽 우열이 갈릴 때마다 학교 운동장이나 공동묘지 앞에 사람들을 모아 놓고 앞에 이끌려 나온 사람이 손가락으로 가리키는 사람을 무자비하게 즉결처분하였다.

시간이 더 흐르자 삼수아저씨가 행방을 감추었다. 삼수아저씨의 발자국 소리가 대문 밖에서 끊긴 것이다. 어디로 갔을까? 어머니는 삼수아저씨의 행방에 대해 겉으로는 신경을 쓰지 않았다. 앞으로 닥쳐올 상황을 주시하며 몸을 가누었다. 그러나 나는 의문을 곱씹었다. 그로 하여 아버지와의 가교가 단절되었기 때문이었다. 어쩌면 삼수아저씨가 간 곳은 아버지가 계신 곳이 아닐까?

세상은 뒤바뀌었다. 붉은 기가 꺾이고 태극기가 휘날렸다. 지금까지 숨죽이고 있던 인사들이 세상을 대신하였다. 보복과 살상이 똑같이 자행되었다. 손가락총이 불을 뿜었다. 암담한 먹장구름이 내리눌렀다. 누군가 앞에 나와 손가락으로 심장을 가리키면 사색이 된 사람을 지붕 위에 오르게 한 다음 방아쇠를 당겼다. 한 방의 총소리에 낙엽이 굴러 떨어지듯 하였고, 모든 사람들을 공포로 몰아넣었다.

더구나 무장공비와 내통한다는 이유를 들어 산 아래의 집들을 소개시키는 데서 나는 절망감으로 마음의 안정을 잃었다. 우리 집도 예외는 아니었다. 이미 아버지의 부재를 저쪽으로 뭇가름한 터라 방화까지 서슴지 않겠다는 으름장과 협박으로 가슴을 짓눌렀다. 어머니의 저항은 대단하였다. 어떠한 일이 있더라도 길거리에 나앉을 수 없다고 버티었다. 회유와 협박에 굴하지 않았다.

그 집은 별 볼일 없는 집이야. 대신 감시를 철저히 하라고. 대어가 걸려들지도 모르니께.

어머니의 강경한 저항에 그들은 작전을 변경하였다. 굳이 따지자면 소개시킬 대상이 아니었다. 마을과는 외따로 떨어져 있다지만 산속에 묻혀 있는 집은 아니었다. 생뚱한 트집이랄 수밖에 없었다.

느그 아부지가 살아 돌아오면 어디서 우리를 찾을 것이냐. 집이라도 온전히 지니고 있어야제.

어머니는 나를 끌어안으며 눈시울을 적셨다. 어머니의 눈물. 안으로 안으로 흐르는 어머니의 눈물은 정작 그때부터 시작되었다. 그와 함께 감시의 눈초리가 번득였다. 나는 감시의 눈초리가 번득일 때마다 전율하였다. 느닷없이 짓쳐 들어와 마루 밑이고 장독대며 장롱까지 우악스럽게 마구잡이로 들쑤실 때면 가슴이 내려앉아 하얗게 질렸다.

참, 얄망궂제. 유령이라도 찾아왔단 말인가?

어머니는 한 차례 곤욕을 치를 때마다 정신을 추스르며 넋두리를 하였다. 정말이지, 아버지는 유령 같은 존재였다. 실체가 보이지 않는데도 그들은 보이지 않는 유령을 잡으려고 핏발을 세웠다. 어머니는 지서에 끌려가 심문을 받았고, 고문보다 더한 고통으로 가슴에 멍울이 졌다.

일제 때는 그래도 나라 위한 남편의 의기에 자부심이라도 가졌는디 이건 무슨 억하심정이라냐.

어머니는 꺼져 들어가는 육신을 가누며 오로지 아버지를 기다리는 마음으로 모진 시련을 이겨 나갔다.

*

전쟁이 끝났는데도 어머니의 시련은 계속되었다. 불려가고, 심문을 받고, 감시를 받았다. 감시의 눈초리는 멸시보다 더 잔인한 상실감과 모멸감을 주었다. 그때마다 어머니의 인내는 끝을 몰랐다. 아주 몸에 배어 버린 듯하였다. 모질게 정신을 추슬렀다.

어떠한 일이 있더라도 느그 아부지가 살아 돌아올 때까지 목숨을 부지해야겠다.

한차례 심문과 고문을 받고 돌아오면 어머니는 자지러지는 몸을 가누며 입술을 깨물었다. 아무도 위로해 줄 수 없는 전쟁의 상처.

느그 아부지를 찾아 나서야겠다.

어느 날, 어머니는 당차게 자리에서 일어났다. 지금까지 수굿하게 말이 없었는지라 나에게는 그 말이 황당하게 들렸다. 어디서 찾는단 말인가? 생각만 해도 막막하고 기가 막힐 노릇이었다. 정신이 어떻게 되지 않았는가? 나는 실성기가 든 것 아니냐고 고개를 갸웃하며 근심스러운 얼굴로 반문하였다. 그러나 어머니의 마음은 단호하였다. 나의 손을 이끌고 집을 나섰다.

나는 세상이 뒤바뀌고 또 뒤바뀔 때까지 세상 구경을 하지 못하였는지라 바깥 전경이 낯설기만 하였다. 이것이 내가 사는 세상인가? 사방을 둘러보아도 을씨년스럽고 흉흉하기만 하여 정감이 가지 않았다. 도로는 엉망이었고, 총알이 숭숭 박힌 길거리의 무너진 담장은 볼썽사나웠다. 어느 한 곳 성한 데가 없었다. 그 위에 역겨운 냄새로 비위가 뒤틀렸다.

시상에 이런 변이 있나. 아비지옥이 따로 없구나.

어머니는 침통한 표정을 지었다. 꼭 파장 뒤끝 쓰레기더미로 널부러진 장터의 전경이었다. 나는 그 같은 참상에서 한 가닥 실망감을 가졌다. 어디에도 아버지는 없을 것 같았다. 공동묘지에 생매장 당한 시체더미를 뒤진다 해도 아버지를 찾을 수 없을 것이라는 회의가 가슴에 차올랐다. 그러자 왈칵 구토증이 일었다. 헛구역질과는 다른 구역질이었다.

어머니는 산 고개를 넘어 삼수네 집을 찾았다. 이 길은 언젠가 별빛을 헤아리며 아버지의 등에 업혀 넘어왔던 산 고개였다. 삼수네가 살던 곳은 더욱 처참하였다. 드문드문 소개시킨 집들은 잿더미로 변하였고, 나무들은 흉물스럽게 불에 타 널브러져 있었다. 불 타고 남은 주춧돌이며 장독대가 애잔한 삶의 그루터기였다는 것을 허허롭게 말해 주고 있었다. 을씨년스럽게 우짖는 까마귀소리에 마음이 무겁게 내려앉았다.

삼수네 집이라고 온전할 리 없었다. 흔적도 없이 사라지고 없었다. 홀로 남은 가마굴뚝이 처절하게 삼수네가 살았던 집이라고 말해 주었다.

다들 어디로 갔는가?

어머니는 시신이라도 찾을 요량으로 두리번거렸다. 나는 폭삭 내려앉은 공방에서 막사발을 발견하였다. 투박한 대로 정겨웠다. 삼수아저씨의 체취가 그대로 묻어났다. 나는 그 가운데 예쁘고 온전한 것을 두어 개 손에 들었다.

그건 어따 쓰게?

어머니는 토심스럽게 눈을 흘겼다.

이 다음에 아부지가 돌아오시면 술잔으로 쓸 거야.

나는 행여나 빼앗길세라 등 뒤로 감추었다.

꿈도 야무치나. 그깟 것으로 술잔을 해?

어머니는 역성을 내며 나의 손을 잡아끌었다. 한길에 나선 어머니는 어느 방향으로 가야 할지 잠시 멈칫하였다.

삼수네, 이 여편네가 어디로 갔을고? 죽었는지 살았는지, 어쩌다 이런 운명을 짊어졌는지…….

어머니는 넋두리 끝에 방향을 잡아 나갔다. 한참을 더듬듯 산길을 휘돌아 장터목에 이르렀다. 나는 잠시 눈을 끔벅거리며 기억을 더듬었다. 낯설지가 않았다. 언젠가 아버지를 따라 삼수아저씨와 옹기전을 찾았던 장터목이었다. 나는 후두둑 반가움을 깨물었다. 어쩌면 아버지의 소식을 알 수 있을지도 모른다는 기대감이 차올랐다. 이곳 장터라 해서 온전할 리 없었다. 난장판이었다. 총탄자국으로 얼룩져 쓰러진 나무기둥이며 불탄 집들이며, 폐허 바로 그것이었다. 한걸음 내딛기가 주저스러웠다.

어머니는 한참을 헤매다 옹기전을 발견하였다. 옹기전도 온전하지 않았으나 옹기들이 남아 있어 쉽게 눈에 띄었다. 점포 역시 반파되다시피 하였는데, 임시방편으로 복구를 하였다. 사람이 살지 싶었다. 조심스럽게 문을 두드리자 한참 만에 늙수그레한 노인이 나타났다. 옹기전 주인장이었다. 살집이 좋은 호인풍의 주인 모습을 나는 어렴풋이 떠올렸다.

어디서 오셨는가요?

옹기전 주인장은 뜨막한 얼굴로 나와 어머니를 매슬러 보았다. 이 처참한 시국에 옹기를 사러 올 사람 같지 않았다. 장이 제대로 서야 팔리든지 말든지 할 터였다. 설령 장이 선다 해도 목구멍이 포도청이라고 옹기 따위는 눈 밖에 났다.

저, 조자 영자, 그 안사람 되구만이라우. 하도 오래되어 저도 격세지감이 드는구만요.

어머니는 어렵게 말문을 열었다.

야? 참말이당가요? 그 사이 시절이 그렇게 흘렀소. 아니지요. 시절이 사람을 궁핍하게 했소이다. 살아 있어 반갑구랴.

옹기전 주인장은 놀란 눈으로 다시금 두 모녀를 반겼다.

하도 갑갑하고 해서 여기까지 발품을 했구만이라우.

어서 들어오시오. 그라고 본께 요녀석이 요렇고롬 컸소. 허허, 시절은 변화무쌍하고 혼란스러워도 자라는 아이는 무심지경이오.

옹기전 주인장은 나의 머리를 쓰다듬었다. 나는 그만 왈칵 눈물을 쏟을 뻔하였다. 오랜만에 구들장 같은 사람의 온정을 느껴본 것이다.

어르신은 무사하셨구만요.

어머니는 정식으로 인사를 올렸다. 방 안 분위기도 예전 같지 않아 퀴퀴한 곰팡내가 났다.

여기라고 별다르겠소. 보시다시피 엉망진창이잖소. 동족상잔, 그 피비린내 속에서 목숨이 경각이었소. 다행히 인심을 잃지 않아 명줄을 이었소만……. 솔직허니 말해서 이 늙은이를 어디다 쓰것소. 이쪽저쪽 쓸모가 없는 존재라서 목숨부지를 하였소.

주인장의 말소리는 예전의 넉넉함을 지니고 있었다.

그래도 어디 그랬는감요. 갖다 붙이기에 따라 남녀노소 분별없이 끌어다 생매장하댓기 하였는디.

나라고 태평성세를 누렸것소. 시달림을 받을 만큼 받았지요. 비상시국에는 사람의 인심만큼 무서운 것도 없습디다. 그놈의 허깨비 같은 사상이 무어라고 형제지간에도 등을 돌리고 어제까지만 해도 절친했던 이웃이 원수지간이 되고요. 악몽이 따로 없었지요. 세상사가 허탈하기도 하고…….

그래도 그만하기 천만다행 아닌가라우.

허긴, 억울하게 죽은 사람들에게 비교하면 산목숨이 나은지도 모르지요. 그쪽도 마음고생이 많았을 게요.

옹기전 주인장은 애잔한 눈길로 어머니를 위로하였다.

몇 번을 혀 깨물라고 했지라우. 팔자가 왜 이 모양인지 모르겠구만요.

아녀자가 감당하기에는 고난한 시절이오.

어디 저만 겪는 비극인가요. 삼수네를 비롯하여 이 시상 여인네들이 시퍼렇게 멍이 들고 한이 서렸지라우.

나는 그 순간 어머니의 치마말기를 꼬옥 끌어 쥐었다. 금방이라도 눈물을 내비칠 것 같은 어머니의 울분을 감지하였기 때문이었다.

삼수 집은 어떤가 모르것소. 암만해도 직격탄을 맞았을 것인디…….

흔적도 없이 폭삭 내려앉았습디다. 죽었는지 살았는지도 모르겠고라우. 어르신은 삼수네 소식을 전혀 모르시오?

어머니는 변죽을 울리듯 가만스레 물었다.

마지막 교전이 있던 날, 삼수가 도깨비 형상으로 찾아왔더군요. 숨가쁜 상황이었지요. 가족을 보낼 텐께 잠시 부탁한다고 하였는디, 나 또한 바람 앞에 등불 격이었는지라 말은 그러마고 했지요. 그런디 오지 않았어요. 아직까지 소식이 없는 걸로 보아 무사했을 리가 없을 것 같소.

그 말을 듣는 순간 나도 모르게 몸을 부르르 떨었다. 노인이며, 임산부며, 처녀들이 덥수룩한 장정들과 함께 두루 묶음으로 굴비 엮듯 포승줄에 묶이어 뒷산 바위 등성이로 끌려가던 광경을 떠올린 것이다. 삼수네도 그 속에 끼었을까?

이 장터목만 하더라도 매일 죽어나듯 하였소. 어서 빨리 흉흉한 인심이 바로 돌아와야 할 것인디 큰일이오. 어린 느그들이 올곧이 자라야 할 텐디 걱정이다.

옹기전 주인장은 측은한 눈길로 나를 어루었다.

저그, 삼수가 마지막으로 가면서 애 아부지 말은 안 합디요?

어머니는 한줌 기대감으로 물었다.

다급한 경황이어서 미처 물어보지 못하였소. 어디로 갈 거냐니까 두문골에 들러 부상당한 대원들을 데리고 지리산 쪽으로 간다고 하더구만요.

애 아부지가 본의 아니게 그 무리들에게 휩쓸려 소식을 모르겠구만이라우.

조영이 부상당한 사람들과 같이 있었다면 삼수와 행동을 함께했을지도 모르겠소. 막연하게나마 그런 추측도 가능하지 않겠소.

어머니는 그 말에 머리를 끄덕였다. 그렇게라도 가능성을 열어 놓고 싶어 하였다. 나는 어머니의 기대감에 회의적이었다. 그 같은 상황이었다면 혼자 몸이라도 빠져나와 집으로 돌아올 수 있지 않았을까. 아버지는 충분히 그럴 사람이었다. 누구보다도 지혜롭고 가정적이라는 것을 아버지의 체온에서 느꼈었다.

두문골을 한번 가 봐야겠구만이라우.

어머니는 단호하게 말하였다.

부질없는 헛걸음이오.

그래도 가 보고 싶으요. 약도나 좀 그려 주시오.

어머니의 집념에 옹기전 주인장은 간략하게 약도를 그려 주었다.

뭣하면 내가 앞장서 안내해 드리겠소만 상황이 좀 그렇소.

옹기전 주인장은 어머니를 애스러운 눈길로 바라보았다.

헌디, 두문골이 어떤 곳이다요?

첩첩산중이지요. 고려 후예들이 숨어 살면서 대대로 도자기를 빚었고, 일제 때는 의병들이 가마에서 무기를 달구었소. 조영과 삼수는 그때 그곳에 있었고요. 그러던 것이 일본 놈들이 의병을 소탕한답시고 초토화를 시키고, 그것도 모자라 광산 굴을 파다 말았소. 삼수 일행이 지리산 쪽으로 쫓겨 가면서 잠시 머물렀지 싶소.

그 말을 들으니께 꼭 찾아가 보고 싶구만요. 누가 아요. 애 아부지가 아직도 거기에 은신하고 있을지.

어머니의 바람은 한낱 부질없는 희망사항일 터였다. 아마 어느 산속 바위굴에 숨어있던 공비를 사로잡았다는 세간에 떠도는 소문을 떠올렸는지도 몰랐다.

그곳이라고 가만 내버려두었겠소.

그래도 헛일 삼아 가 볼라요. 또 궁금증이 일어나면 찾아올라요.

언제라도 오시오.

옹기전 주인장은 문밖까지 배웅해 주었다. 장터목을 벗어날 때까지 우리 두 모녀의 뒷모습을 지켜보았다.

엄니, 할아부지 맘이 넓고 넓데.

그런 마음이 아니었으면 온전히 살아남았것냐. 느그 아부지도 줏대 있게 침중하게 있었더라면 변고가 생기지 않았을 것을……. 아니다. 누구를 탓하것냐. 시국을 잘못 타고난 죄고, 운명이제.

그 말속에는 어머니의 신세 한탄까지 곁들여 있었다.

*

두문골을 찾은 것은 그로부터 여섯 달이 지나서였다. 이제 막 감꽃이 하나둘 널어질 때였다. 한겨울에는 추위 때문에 집을 나설 엄두를 내지 못하였고, 춘궁기는 춘궁기대로 고난하였다. 날씨는 화창하였다. 어머니는 불현듯 대문을 나섰다. 나는 가기

싫다고 떼를 썼지만 썰렁한 집안에 어린 나를 혼자 두고 갈 수 없다며 일으켜 세웠다.

어머니는 이틀 전, 지서에서 부름을 받았다. 지서 출입이라면 이골이 났는지라 무심한 얼굴로 집을 나섰다. 그리고 해가 설핏해서야 돌아왔다. 다른 날보다 시간이 길었다. 어머니는 저녁을 먹고 잠자리에 들면서, 말 마디마디를 씹어 삼키듯 하였다.

느그 아부지가 살아 있다는구나. 누군가 장터거리에서 본 사람이 영락없이 느그 아부지 같았다고 하더라는구나. 사라지는 방향이 언젠가 옹기전 주인장이 말하던 두문골 쪽이었다는디, 허깨비를 본 것이제. 비슷하게 닮고 닮은 사람이 얼마나 많냐. 일제 때도 그런 허깨비상으로 곤욕을 치렀다만.

그럼, 그 소식을 전해 줄라고 지서에서 오라 했는감?

나는 덩달아 가슴이 뛰었다.

서릿발보다 차가운 문초로 감당하기 힘든 고통을 안겨 주었다. 그 땜새 더 모진 시달림을 받았지야. 느그 아부지를 완전히 산사람으로 매도하면서 간 곳을 추궁하지 않겄냐. 생사람 잡는 것도 유만부득이제 아주 주리를 틀듯 하더구나.

그래서였는지 어머니는 말끝마다 앓는 소리를 하였다. 온몸이 퍼렇게 멍이 들었는지도 몰랐다.

이해가 안 가요. 살아 돌아올 거라면 떳떳하게 집에 왔것제. 아부지가 뭔 죄가 있다고.

그거사, 우리 생각이지야. 귀에 걸면 귀걸이, 코에 걸면 코걸이라고, 느그 아부지는 벌써 좌익선상에 새겨져 버렸다.

아부지가 살아 돌아와 해명하면 될 것 아닌감요.

이렇게 순진하긴. 한번 이마빡에 먹물을 새겨 넣었는디 온전히 지울 수 있것냐. 아니다. 무슨 수모를 당할지라도 살아 돌아왔으면 원도 한도 없겠다.

어머니는 나를 꼬옥 끌어안으며 땅이 꺼져라 한숨을 쉬었다.

다음 날, 어머니는 옹기전 주인장이 그려 준 꼬깃한 약도를 따라 두문골을 찾아들었다. 정말 첩첩산중이었다. 같은 고을에 이런 곳이 있었는가 싶었다.

아직도 멀었는가요?

쪼깐 더 올라가야 쓸 모양이다.

숨이 턱에 차서 물을라치면 어머니는 주위를 두리번거리며 나의 손을 잡아끌었다. 철쭉이 지천으로 피어난 그지없이 아름다운 산길인데도 그저 숨이 가빴다.

가만있거라. 저기가 부곡가마터인가 보다.

한참 산길을 오르던 어머니는 신기루를 발견한 듯 반가운 기색을 떠올렸다. 어머니가 가리키는 곳을 올려다보니 폐허로 쑥대밭이 되어 버린 곳에 쌓아올린 도자기 파편더미가 고갯마루의 서낭당을 떠올리게 하였다.

누가 있네요.

나는 파편더미 양지바른 쪽에서 졸고 있는 사내를 가리켰다.

두문골을 물어볼끄나?

어머니는 가까이 다가갔다. 사내는 세상 모르게 졸고 있었다. 남루한 땟물 흐르는 옷하며, 더부룩한 먼지 낀 머리칼하며, 구린내 비슷한 냄새하며 볼 것 없이 상거지였다. 도자기 파편무지는 탑을 쌓듯 정성스럽게 쌓여 있었다. 나는 사내의 구멍 뚫린 호주머니 속에서 비죽이 비어져 나온 막사발을 보는 순간 지난번 삼수아저씨 도자기 공방에서 가져온 막사발을 떠올렸다. 어머니는 잠든 사내를 깨우기가 난처하다는 듯 가만히 지켜보다가 발길을 돌렸다. 쉬이 잠에서 깨어날 것 같지 않아서였다.

저 사람도 얼마나 한이 맺혔으면 저 지경으로 도자기 파편을 모았을끄나. 틀림없이 전쟁통에 모든 것을 한꺼번에 잃은 성싶다.

어머니는 나름대로 판단하고 약도를 더듬거리며 두문골로 향하였다. 갑자기 내리쏟아지는 계곡물 소리가 별천지에 온 듯하였다. 세상과는 아득한 거리로 비켜난 산천경개였다.

정말 경치 한번 좋네이.

나는 저절로 감탄하였다. 파릇한 생명들이 한데 어울려 움 솟는데도 아직도 비릿한 살상의 상흔이 가시지 않은 저 아래 세상과는 딴판이었다.

이런 곳에서 세상 근심걱정 다 잊고 느그 아부지와 한평생 살았으면 얼마나 행복하것냐.

어머니는 가쁜 숨을 몰아쉬며 두문골로 들어섰다. 두문골은 정작 주위의 경개와는 달리 황폐하였다. 돼지우리 같은 막사가 그대로 방치되어 볼썽사나웠고, 계곡 건너에는 볼품없는 동굴이 아가리를 벌리고 있었다. 어디를 둘러보아도 사람의 기척을 찾아볼 수 없었다. 어머니는 동굴로 다가갔다. 웬 노인 하나가 동굴 입구에 앉아 하염없는 눈길로 돼지우리 같은 막사 쪽을 바라보고 있었다.

나는 깜짝 놀랐다. 도깨비가 아닌가 싶었다. 어머니도 오두망찰 걸음을 멈추었다.

사람이 살고 있구나!

어머니는 조심스럽게 다가갔다. 노인도 발자국소리를 듣고 눈길을 돌렸다.

이곳에 사시는지요?

어색한 침묵이 한동안 흐르고 나서야 어머니는 조심스레 물었다.

지금은 아니오만, 옛날에는 내가 살았던 무릉도원이었소.

무릉도원? 순간 나는 정신이 약간 이상한 게 아닌가, 고개를 갸웃하였다. 주위의 경관은 그렇다 치더라도 아무리 둘러보아도 무릉도원경은 상상할 수 없었다.

그럼, 옛 땅을 찾으러 오셨는감요?

맞소. 그런디 와서 본께 절망이오. 어떻게 변했는가 무거운 발걸음으로 찾아왔더니 일본 놈들에게 이 땅을 물려받은 사람은 만나주지도 않고, 보다시피 몰골이 말이 아니오.

그래라이. 무척이나 가슴 아프겠소.

어머니는 잘근 입술을 깨물었다.

댁은 무슨 연고로 이 깊고 험한 곳을 찾아왔소?

남편의 시신이라도 찾을 요량으로 왔구만이라우.

어머니는 에둘러 말하지 않고 솔직하게 말하였다.

남편을요? 혹시 여기서 광부로 일했거나 숨어살았던 사람을 찾아온 게요?

일제 때 의병활동을 했을 적에 이곳에서 은신해 있었다고 하드만요. 전쟁통에 행방이 묘연해서요.

의병이었다면 이름자가 어찌되는 거요?

노인은 깜짝 반기며 다급하게 물었다.

조영이라고 하구만이라우.

그래요? 이럴 수가! 삼수란 친구와 늘 함께하면서 부상당한 의병을 지성껏 치료하였지요. 사람이 아주 성실하였소.

애 아부지를 아신다니 여간 반가운 게 아니구만이라우. 삼수가 애 아부지를 산으로 끌어들여 간 곳을 모르는구만이라우.

허허, 나는 그런 줄을 전혀 몰랐소. 삼수, 그 사람 도자기나 열심히 빚을 것이제. 지가 무슨 해방군이라고. 제 분수를 알고 주제파악을 제대로 해야 하는디. 그래야 죽어 제삿밥도 올곧이 받아묵제. 더구나 친구 운명까지 망쳐 놓다니. 나는 이곳 가마터를 지켜 온 무인이란 사람이오.

무인은 혀를 끌끌 찼다. 나는 어렴풋하게 깨달았다. 삼수아저씨가 이곳에 있을 때 이 노인에게서 도자기 기술을 배웠을 것이라고.

누구를 탓할 것 없이 시국이 사람을 혼란스럽게 하였지라우.

모두가 제정신을 지니고 있지 못했지요. 내려가십시다. 이제라도 너무 애쓰지 마시오. 살아 있으면 언젠가는 만날 게요.

무인은 자리에서 일어났다. 무인은 의외로 허리가 꼿꼿하였다.

어디로 가시게요?

장터목 옹기전 주인장을 만나보고 가야겠소. 그 사람은 여전한지 모르겠어요.

몇 달 전에 만나 뵈었구만이라우. 두문골 약도도 그 어르신에게서 받았구만요.

그 친구가 살아 있다면 내 이곳으로 돌아올 가능성이 있지 싶소.

이 오지에다 가마를 일굴라고요?

내 조상의 얼이 깃든 곳을 저버릴 수 없지요.

지성이면 감천이라고 마음을 기울이면 소원이 이루어지겠지라우.

어머니는 자신에게 다짐하듯 말하였다.

일본 놈에게 이 땅을 물려받은 사람이 한사코 땅을 내줄 수 없다고 도리질쳐요. 광산 굴에서 무슨녀러 금은보화가 나올 거라고. 벌써 이런 수모를 두 번 당하였소. 한번은 일본 놈들 땜새 그랬고…….

무인은 울화가 치민다는 듯 입을 사려 물었다. 부곡 가마터에 이르자 도자기 파편무지 곁에서 졸고 있던 시커먼 사내가 땅을 파 뒤집고 있었다.

아까는 졸고 있던디 무엇에 쓰려고 저러는지…….

일본 놈들이 의병 은신처라고 저렇게 분탕질을 쳤어요. 저 녀석은 내 조카뻘 되는데 그때 어린 나이에 끌려 다니다 정신이 나갔소. 전쟁통에도 용케 살아남았소만 그때나 지금이나 도자기 조각을 찾아 모으오. 저 녀석 때문에라도 이곳으로 와야겠소. 다시는 이런 참혹한 환란이 없어야 할 텐디.

함께 데리고 갈께라우?

저저이 싫다는 거요. 눈물겹기도 하고, 저 녀석만 생각하면 자다가도 통곡을 하오. 가족이 몰살당한 그 참혹한 전경이 눈앞에 생생하게 다가오는 게요.

저보다 더한 불행을 겪었구만이라우.

어머니는 어떻게 위로해 주어야 좋을지 모르겠다는 표정을 지었다. 나는 무인 어른의 얼굴에 새겨진 비통한 음영을 가슴에 각인시켰다. 나비 한 쌍이 무심한 날갯짓으로 배추꽃술을 넘나들었다. 그러고 보니 봄을 일깨우는 만물은 무인이나 어머니나 도자기 파편을 모으는 사내와는 달리 무심한 경지로 생명을 나투고 있었다.

옹기전에 들렀다 가지 않겠소?

어머니는 선선히 무인의 뒤를 따랐다. 장터목은 여전히 활기가 없었다. 화사한 봄날인데도 을씨년스러운 기운이 감돌았다.

아니, 이게 누구여? 살아 있었구려.

내가 할 말이오. 용케 환란을 이겨냈구려.

옹기전 주인장과 무인은 반가움으로 얼싸안았다.

살아남은 게 복 받은 건지, 아니면 구차스러운 것인지 모르겠네. 두 분은 어떻게 만난 게요?

옹기전 주인장은 뒤에서 다소곳하게 인사를 올리는 어머니와 나를 발견하고 어리둥절한 표정이었다.

두문골에서 만났어요. 생각지도 못한 만남이었지요.

허어, 기어코 거기를 찾아갔구려. 괜히 실망만 더하였을 것인디.

아닙니다요. 마음이 조금은 시원합니다. 덕분에 어르신도 만났고요.

허긴, 인연은 만나게 되어 있지요.

옹기전 주인장은 훌쩍 자란 나의 머리를 살갑게 쓰다듬었다. 어머니는 해를 가늠하고 나서 두 사람만의 자리를 내주려는 듯 돌아가겠다고 하였다.

인자, 두 분을 뵈었응께 자주 찾아뵙도록 할라요.

어머니는 만류를 뿌리치고 선 자리에서 돌아섰다. 나는 어머니의 모진 행동이 못마땅하였다. 무엇보다 피로하였다.

허망한 바람

그 사이 세월은 쉼 없이 흘렀다. 세월과 함께 세상은 많은 변화를 가져왔지만 소도댁은 아무런 변화가 없었다. 늘 고여 있는 물 그대로였다. 그렇다고 악취가 나거나 썩지는 않았다. 그런대로 숨을 쉬며 세상과는 동떨어진 생활을 하였다. 누가 찾는 이도 없었고, 바깥세상과 상통하지도 않았다. 그림자처럼 조용하였고 외로움을 고즈넉이 지니고 있었다. 소도댁은 그 같은 생활에 점점 익숙해졌다. 주위로부터 철저하게 외면당한 그 고적감을 스스로 마음 편하게 누렸다. 생활하는 데 크게 불편을 느끼지 않았다. 오히려 바람 없는 평화로움이었다.

다만 한 가지 마음속에 변화가 온 것은 남편에 대한 집념이었다. 죽음을 기정사실로 매김한 것이다. 느그 아부지는 죽었다. 소도댁은 딸에게도 그 점을 인식시켰다. 그동안 여러 곳을 둘러보았고 촉각을 곤두세우며 남편의 생사를 알아보았으나, 그 어디에도 남편이 살아 있다는 뚜렷한 확신을 지닐 수 없었다. 소도댁의 결론과는 달리 기관에서는 아직도 행방불명이라는 낙인을 찍고서 조영을 감시의 대상으로 삼았다. 오라 가라 하지 않으면서도 숨통을 조였다. 담당경찰이 바뀔 때마다 호구조사를 하듯 찾아와 괜한 사람을 긴장감으로 몰아넣었다. 더욱 억울한 것은 선거철이 돌아올 때마다 한 표를 행사할 수 있는 엄연한 유권자인데도 이장, 반장이 권리행사를 대신한 것이다. 죄인이 따로 없었다. 하지만 소도댁은 이미 이골이 난 상태였다.

알아서 하거라. 내 마음속에는 남편의 존재가 사장되었응께.

소도댁은 싸늘한 가슴으로 자신을 추슬렀다.

한 가지 위안은 딸이 말썽 없이 자란다는 것이었다. 애비 없는 자식, 붉은 물이 든 자식이라고 눈총을 받고 따돌림을 받는데도 잘 견디어 냈다. 그게 고맙고 사랑스러웠다. 오냐. 너만은 알차고 실하게 키울구마. 소도댁은 모든 희망을 딸에게 걸었다. 그렇다고 큰 기대는 바라지 않았다. 몸도 마음도 튼실하게 자라 주기를 바랬다. 나무도 뿌리가 온전하지 못하면 잎이 시들고 열매가 부실하듯, 상처를 안고 자라면 그만큼 불행할 터였다.

하지만 문제는 주위의 환경이었다. 고립무원한 공간 속에서 굳건한 자생력을 키우기란 쉬운 일이 아니었다. 자신도 모르게 움츠러들고 주위의 눈치를 살피게 되고 사소한 일에도 민감하게 반응하며 금방 울적한 심사를 짊어졌다. 딸은 늦은 나이에 학교에 들어가면서부터 말없는 아이가 되었다. 짓궂은 아이들의 놀림을 잘 참아 내면서도 점점 말을 잃어 갔다. 그렇다고 공부를 소홀히 하거나 엉뚱한 행동은 하지 않았다.

아무튼, 소도댁은 주위의 냉대에 무관심한 얼굴로 생활하였다. 절해의 고도에서 산다고 생각하였다. 소도댁은 자신에게 주어진 공간 속에서 매사를 조금도 소홀함 없이 열심히 가꾸고 일구면서 쓸데없는 잡념을 부수어 나갔다. 고난하고 어두운 질곡에서 체득한 것은 헛된 망상과 공상, 분노와 원망 따위는 결코 이익이 될 수 없다는 것이었다. 무엇보다 몸을 상하게 하였고 정신을 피폐롭게 하였다. 그래서 남편의 존재를 잊고자 하였고, 땀 흘리며 일에 매달렸다. 이마에 맺힌 땀방울은 천근 무게만큼이나 마음을 편안하게 가라앉혔다.

그런데 어느 날, 잔잔한 연못에 돌멩이 하나가 파문을 일으켰다. 전혀 예기치 못한 파문이었다. 소도댁은 후두둑 몸을 떨었다. 삼수가 살아 있다는 것이었다. 믿을 수가 없었다. 산사람이 되어 어느 하늘 아래 고혼이 되었는지 모를 위인이 버젓이 살아 있다니.

삼수의 소식을 전해 들은 것은 옹기전 주인장으로부터였다. 소도댁은 언제부터인가 남편이 약재상을 열었던 가까운 장을 놔두고 무넘이재를 넘어, 보다 먼 거리의 옹기전 주인장이 있는 장터목을 찾았다. 남편이 약재상을 하였던 곳을 바라보면 괜스레 목이 메었고, 주위의 곱지 않은 시선을 의식해서였다. 그래서 옹기전 주인장이 있는 장터목을 찾았는데, 장을 보러 간댔자 한 달에 한 번, 아니면 두 달 터울이었다. 장에 가서도 특별한 일이 아니면 옹기전 주인장을 만나지 않았다. 옹기전 주인장의 애잔한 눈길이 부담스러워서였다.

그날은 반찬 담을 옹기가 필요해서 옹기전을 들렀다. 옹기전 주인장은 그 사이 주름살이 퍽이나 늘었다. 아들에게 점포를 맡기고 뒷짐을 진 채 멀찍이 서 있었다.

오, 마침 잘 오셨소. 어째 소식이 없다 했더니 여전하시구랴.

옹기전 주인장은 전에 없이 반겼다.

좋은 일이라도 있는게비오.

소도댁은 나부시 인사를 하였다.

좋은 일이다마다요. 희한한 소식이 있구만요.

제게요?

소도댁은 가슴속에서 숨죽이고 있던 파도말이 출렁거렸다.

놀라지는 마시오. 삼수가 살아 있소.

뜬금없이 그것이 뭔 소리다요?

소도댁은 아찔한 현기증을 일으켰다.

전향을 했다는구려.

전향을요? 누가 그럽디요?

소도댁은 도저히 믿어지지 않았다. 가슴을 진정시키며 튕기듯 반문하였다.

아래께 무인이 두문골에 들렀다가 내게 와서 귀띔을 해줍디다. 시상을 살다 보니 별 희한한 일도 다 보겠어요.

어디에 있다 합디까?

소도댁은 성급하게 물었다. 숨이 턱 막혔다.

무인 밑에서 정식으로 도자기 기술을 익히면서 숨죽이고 있다는군요.

식솔들은요?

어디 갔것소. 함께 지내겠지라우. 삼수한테 가면 조영 소식도 들을 수 있지 싶소.

그래야겠구만이라우. 정말 믿어지지가 않으요.

그럴 것이오. 토끼가 용궁에서 살아온 듯하니께요.

옹기전 주인장도 실감이 나지 않는다는 얼굴이었다.

무인께서는 두문골을 되찾았는감요?

소도댁은 부곡가마터에서 땅을 파 뒤집으며 도자기 파편을 쌓아 올리던 실성한 사내를 떠올렸다.

땅 가진 놈이 한사코 노다지를 캘 거라고 황소고집을 부리오. 그놈도 참 어리석고 한심스럽기가 그지없소. 이곳도 일제 때는 사금광이었소. 그런디 지금은 보다시피 파장 아니오. 헛물욕을 탐하면 자리보존을 못하는디 맹탕맞기가……. 암튼, 삼수를 만나 보시오. 의리 없게 혼자 살아 왔을 때는 그만한 사연이 있을 것 아니오.

옹기전 주인장은 무인의 주소를 적어 주었다. 소도댁은 주소를 안고 집으로 돌아왔다. 잠이 오지 않았다. 가슴이 방망이질로 뛰고 생각의 갈래를 종잡을 수 없었다. 이마에 미열이 차오르면서 두통이 일었다.

엄니, 뭔 일이오? 장에 가서 음식을 잘못 묵었는가요?

식중독은 아닌께 염려 놓거라. 몸이 쪼깐 피로하고 부실한갑다.

소도댁은 이마에 찬물 찜질을 해 주는 딸의 마음씨가 고마웠다. 그렇게 서너 날을 누워 지낸 소도댁은 날을 받아 집을 나섰다. 가는 내내 속이 울렁거렸다. 삼수는 어떻게 살아 돌아왔을까? 소도댁은 물어물어 무인의 집을 찾아들었다. 무인은 소도댁을 알아보고 반겨 맞았다.

그렇지 않아도 기다리고 있었소. 어이, 삼수? 이리 나와 보게나.

무인은 삼수를 불렀다. 작업실에서 삼수가 덥수룩한 모습으로 나타났다.

오메! 참말로 살아 있었구만이라우.

소도댁은 목울음을 삼켰다.

가만있으시오. 소도댁 아니시오?

삼수는 말문이 막히는지 장승처럼 붙박혔다.

자, 자, 마음들을 늦추어 잡고 이리 차분히 올라와 앉으시오.

무인은 등을 토닥거리듯 소도댁을 방으로 들게 하였다. 넋 나간 듯 붙박혀 있던 삼수도 정신을 차리고 뒤따라 들어왔다.

그동안 별일 없었고요?

이 사람아, 그간의 마음고생을 무얼로 다 표현할 수 있겠는가. 간장이 다 썩어났을 것이네.

그렇지요. 모든 게 악몽이었으니께요.

삼수는 한숨을 내쉬며 천장을 올려다보았다. 만감이 서린 듯 하였다. 잠시 침묵이 흘렀다. 그 사이 차가 나왔다.

애 아부지는 어찌 되었는지요?

소도댁은 마음을 안정시킨 다음 조용히 물었다.

거, 뭐시냐. 우리가 부상당한 대원을 둘러업고 지리산 쪽으로 퇴각하는 중이었지라우. 정미소 아들이 지휘하는 대열로 합류하기 위해서였지요. 가는 도중 한 차례 총격전이 벌어졌고, 더욱 궁지로 내몰린 우리는 나중에서야 조영과 김순열 선상이 합류하지 못했다는 것을 알았구만요.

그럼, 거기서 사살되었다는 건가요?

아니라우. 사실을 확인하기 위해 은밀히 수색을 하였지만 흔적이 없었어라우. 그 자리에서 총상을 입었다면 하다못해 핏자국이라도 있었을 것인디, 전혀 파악이 되지 않았구만이라우. 비가 내린 뒤였지만.

혹시 생포된 건 아닐까라우?

소도댁은 목이 말랐다. 차 한 잔을 마셨다.

그건 모르것소. 우리와 뒤처진 끝에 생포되었는지. 아니면 다른 잔류 대원들과 합류하였는지. 상황이 하도 급박해서 더 이상 뒤돌아볼 엄두를 내지 못하였소.

그 점은 충분히 이해가 가요만, 어쨌거나 원망스럽소.

입이 열 개라도 할 말이 없구만이라우. 애시당초 저로 인하여 그 친구가 그런 운명에 빠졌응께요.

삼수는 죄인만 같았다. 조영을 순순히 집으로 돌려보냈어야 하였는데 무슨 충성을 하겠다고 붙잡아 두었는지. 조영과 김순열 선생은 사회주의 사상에 귀를 기울였지만 전쟁 자체를 회의하였다. 동족상잔의 비극은 두고두고 치유될 수 없을 것이라 생각하였다. 전쟁이 끝난 지금 한반도의 허리가 갈라져 남북분단이 고착화된 현실을 볼 때, 두 사람이 앞날을 내다본 역사인식은 옳았다.

이 사람아, 지금 후회한들 무슨 소용이 있나. 자네는 이래저래 죄인이네.

알고 있구만요. 죽은 목숨이라 생각하고 살고 있지 않소.

삼수는 무인의 지청구에 고개를 떨구었다.

무슨 맘으로 전향을 하였소? 목숨이 그렇게도 아깝습디요?

소도댁은 가시 돋힌 한마디를 하였다.

처자식이 눈에 밟혀서라우. 천신만고 끝에 지리산에 들어갔을 때는 합류하기로 하였던 정미소 아들은 행방을 알 수 없었고, 대원들이 죽어 나자빠진 가운데 나 혼자 갈 곳이 없었소. 더는 굶주림을 이겨 내지 못하고 마을로 내려갔다가 백기를 들고 말았소. 서푼어치 사상보다 처자식이 더 중요하더구만요. 생사의 기로에서 문득 그 생각이 듭디다.

그랬다면 할 말이 없소만, 집은 잿더미가 되었고 삼수네는 종적을 감추었던디, 식솔들은 어떻게 찾았소?

전향을 하고 나서 찾아 헤맸지라우. 몇 달 걸린 끝에 여자만

바닷가에서 갯벌 둘러쓰고 목숨을 부지하고 있는 것을 발견하였소.

삼수는 그 대목에 이르러 울컥 목이 메이는가 보았다.

지금 어디 있소?

가마 뒤쪽에 있구만요. 무인께서 물심양면으로 돌보아 준 덕택으로 살고 있소.

삼수네를 만나 보것소.

소도댁은 모둠으로 일어나 가마 뒤편 까대기 움막에 들어섰다. 삼수네는 땟물 흐르는 모습으로 쭈그리고 앉아 보릿가루 반죽을 하고 있었다. 처지가 곤궁해 보였다. 삼수네는 소도댁을 발견하고 허겁지겁 얼싸안았다.

소도댁! 이렇게 살아서 만나보는구랴.

나는 자네가 집과 함께 잿더미 속에 묻힌 줄 알았네.

워메, 떠올리고 싶지 않네. 그야말로 구사일생이었네.

삼수네는 그렁하게 눈물을 매달았다.

우리 집에라도 찾아오지 그랬는가?

마음은 굴뚝 같았네만 자네 집도 온전하랴 싶어 무조건 멀리 달아나기로 하였네.

그래서 여자만까지 흘러갔는가?

정신없이 발길 닿는 대로 간 곳이 그곳이었네. 사지(死地)를 헤매다 본께 그래도 바닷가가 배고픔을 면해 주데. 죽고 사는 것은 하늘에 맡기고 우선 자식들 배나 채워 주고 보자고 갯벌을 둘러썼네.

삼수네는 그간의 고생이 울컥 치받쳐 눈물을 찍어냈다.

용케 자네 신랑이 찾아냈구랴.

그러게 말이네. 애 아부지가 살아 있으리라곤 꿈에도 생각지 못하였네. 어느 날, 천막 앞에 시커먼 물체가 나타나드란 말시. 참말로 꿈인가 생시인가, 심봉사 임당수에 빠진 심청이를 본 듯 하였네. 우리를 얼마나 찾아 헤맸는지 몰골이 말이 아니데. 어뜷고롬 우리를 찾았느냐니까 친정 육촌동생이 바닷가 갯벌을 다 뒤져 보라고 하더라네. 내가 여자만으로 흘러들어 가기 전 잠깐 장도라는 섬에서 갯물을 둘러썼느니. 아슴프레 육촌동생이 그곳으로 시집갔다는 것을 촉망 중에도 기억해 낸 거네. 사람이 살라면 염치도 양심의 가책도 없드만.

친정 쪽에서 자네를 더 경원시했것제.

소도댁은 자신의 처지를 떠올렸다. 남편이 행방불명된 뒤로 친정과는 담을 쌓고 살았다. 어디 친정뿐이랴. 시갓댁은 물론 사돈 팔촌에 이르기까지 연줄연줄 걸리는 사람들은 차가운 시선으로 고개를 돌렸다. 무슨 해충이나 된다는 듯 상종을 꺼렸다.

말도 말게나. 지금도 그렇지만 수시로 지서에 불려가 빨갱이 여편네라고 고문과 수모를 당하고, 죄인도 그런 죄인이 없었네. 친성에서도 집안 망해먹을 년이라고 발도 들여놓지 못하게 하였네. 그런디도 염치불구하고 친정 육촌동생을 찾아갔더니만 역시나 못 볼 사람 취급을 하데. 그러면서 더 넓고 낯선 여자만으로 떠나라고 내쫓다시피 하데. 그게 좋지 싫어 애들을 앞세우고 비치적 걸음으로 여자만에 이르렀는디, 모든 게 낯설어 오히려 마음 편하데. 자기만 부지런하면 얼마든지 살 수 있었고, 자식들까지 갯벌에 엎어져 주린 배를 채웠네.

고생은 했어도 자네는 신랑이 살아 돌아왔네만…….

소도댁은 삼수네의 넋두리가 그냥 씹히지 않았다.

그라고 본께 자네에게는 크나큰 죄인만 같네. 자네 신랑도 함께 살아 왔으면 좋을 것인디, 위로할 말이 없네.

팔자소관 아니겠는가. 자네는 신랑 복이 있어 천신만고 끝에 다시 만났고, 나는 팔자가 공방살이 들어 생과부 신세네.

너무 비관하지 말게. 누가 아는가? 난데없이 두억시니처럼 나타날지.

시절이 얼마나 흘렀는가. 살아 있으면 진즉 돌아왔것제.

그렇게 말하니께 할 말이 없네만…….

삼수네는 코를 핑 풀어 던졌다. 괜히 콧날이 시큰해 오면서 소도댁이 짜안하였다. 아무리 어쩌니저쩌니 해싸도 남편 없이 홀로 지새는 것만큼 외롭고 서러울 수가 없었다. 든든한 버팀목, 가장은 그런 존재였다.

자네 신랑은 기술도 있고 해서 사는 데는 지장이 없것네.

말도 마소. 누가 도자기를 사 가야 말이제. 거지꼴이네. 그깐 놈의 것 훌훌 버리고 여자만에 가서 갯벌 둘러쓰자 해도 황소고집을 부리네.

누가 아는가. 머지않아 살림을 달리할지.

폴새 글렀네. 기대는 하지 않네만 생사를 넘나들었응께 더부살이 인생쯤으로 생각하며 사는 수밖에. 전력이 있어 어디 가서 가슴 쫙 벌리고 살것는가. 이마빡에 문신이 새겨져 있는디. 있는 듯 없는 듯 숨죽이고 살 수밖에.

삼수네는 보릿가루 반죽을 끌어당겼다.

*

소도댁은 삼수를 만나 보고 집으로 돌아온 날로 앓아누웠다. 만신이 든 것처럼 오만삭신이 쑤시면서 정신이 어지러웠다. 삼수네 집에서 하룻밤 묵으면서 다시금 절망을 짓씹었다. 남편은 삼수와 지내면서 지극정성으로 부상당한 대원들을 돌보았다고 하였다. 누구를 위해 같은 동족끼리 총칼을 들이대며 피를 흘려야 하는가? 먹장구름 같은 회의와 반문을 억누르지 못하면서도 극진히 환자를 치료하였다는 것이었다.

모든 대원들이 참말로 감동했었구만요. 그런디 한순간 종적을 알 수 없어 모두가 형제를 잃은 듯 가슴 아파하였소. 내 가슴은 갈기갈기 찢어졌고요.

삼수의 비삼 어린 말이 송곳처럼 소도댁의 가슴을 찔렀다.

난 말이요. 고향땅을 밟을 수 없소. 한눈에 들어오는 거리지만 멀게만 느껴지요. 돌팔매 맞기 딱 알맞지요. 그러나 조영은 다르요. 스스로 한 점 부끄러움이 없는 만큼 성큼 집에 들어설 것이요. 따지고 보면 너무나 억울한 죽음들이 많았소. 아무 죄 없이 희생당한 사람들이 얼마나 많은지 모르요. 그러자면 살아 있어야지라우. 조영은 이쪽저쪽에서 무차별 희생당한 사람들의 증인이 되어야 역사가 바로 설 것이오. 누구보다도 정직한 마음으로 부상병을 대하며 자신이 짊어진 운명을 감내하였소.

소도댁은 삼수의 말을 듣는 순간 가슴을 쥐어뜯었다. 스스로 탈출을 시도하지 못한 고지식한 양반…….

엄니, 어디가 아프요? 어디를 갔다 왔는디 그러요?

딸은 근심 어린 눈으로 소도댁을 지켜보았다.

점을 치고 왔다.

소도댁은 헛소리처럼 말하였다. 뜬금없는 소리였다.

무슨 점이요?

느그 아부지가…….

소도댁은 혼몽의 나락으로 떨어졌다. 의식이 돌아왔을 때는 다음 날 정오였다. 햇살이 문지방에 비쳐 들었다. 딸은 근심 어린 눈으로 내려다보았다.

학교는 안 가고 있었냐?

엄니가 이 지경인디 어떻게 학교를 간단 말이요.

딸은 기어코 울먹였다.

어여, 울지 마라.

소도댁은 몸을 가누었다.

무슨 점을 보았길래 제정신을 못 차리는 거요?

내가 그러디야?

아부지 땜새 점을 보러 갔담시러.

그것도 점일 수 있겠다. 아주 독한 점.

소도댁은 맵싸한 기운으로 정신을 차리고자 하였다. 열에 들뜬 지난밤이 매캐한 연기 속을 허기지게 헤맨 듯하였다.

다시는 그런 점은 보지 마시요. 생사람 잡것네요.

오냐. 더 이상 볼 필요도 없다. 그냥 허망한 쏙소리바람이었다.

소도댁은 딸의 마음을 토닥거렸다. 간밤, 비몽사몽 간에 하얗게 눈 내린 벌판을 딸의 손을 잡고 한없이 걸었다. 또렷하게 남겨진 발자국만 걸어온 길을 말없이 말해 주었다. 그래, 눈 내리는 허허벌판에서 우리 모녀만 걸어가야 하는구나. 소도댁은 마음을 추스렸다. 눈앞에 광활한 대지가 펼쳐지고 그 길을 홀로 걸어가야 한다는 아득함이 눈을 아프게 하였다.

엄니, 다시는 몸져눕지 마시요. 내가 똑 죽것네.

오냐, 오냐. 굳건히 너랑 살란다. 시상이 이보다 더 험상궂고 비참하게 짓누를지라도 무너지기야 하것냐.

소도댁의 눈앞에는 오로지 새하얀 눈길만 보였다. 하지만 딸의 장래를 위해서라도 일어나야 한다. 비록 눈밭일망정 푸릇하게 나무를 심자. 소도댁은 자리를 털고 일어났다. 햇살이 눈부셨다.

어머나, 감꽃이 떨어졌네.

뒤따라 나온 딸은 맨발로 뛰어갔다. 계절은 어김없이 돌아오고 계절 따라 피어나는 꽃도 한 치 오차가 없었다. 그러나 세상사는 그 같은 자연의 순리를 망각하거나 거슬렀다. 딸은 치마폭에 감꽃을 주워 담았다. 그리고 감꽃목걸이를 만들었다. 소도댁은 그 모습을 바라보다말고 마음을 여미었다. 감꽃이 떨어질 때 정한수를 떠놓듯 당신을 기리리라. 소도댁은 정갈하게 목욕재계한 다음 제사 음식을 장만하였다.

엄니, 갑자기 뭘 하시오?

딸은 소도댁의 그 모습을 보고 의아해하였다.

오늘부터 느그 아부지 제삿날은 감꽃 떨어지는 날이다. 그렇게 알거라.

뭔, 소리요? 아부지는 살아 돌아오실 건디…….

잔말 말고 곱다시 새겨들어. 느그 아부지는 이 세상 어디에도 없응께.

점쟁이가 그럽디요?

오냐, 참말로 용한 점쟁이더라.

아무리 그래도 그렇제. 점쟁이 말을 다 믿어요?

딸은 샐쭉 토라졌다. 소도댁은 그러거나 말거나 제사음식을 장만하였다. 그리고 소박한 차림으로 제사를 지냈다.

인자, 당신은 영원히 저세상 사람이오. 오늘로 당신은 저승고혼이니 사바세계를 중음신으로 떠돌지 마시오.

소도댁은 경건하게 빌었다. 딸이 가만히 제사상 위에 감꽃목걸이를 올려놓았다.

그걸 올려놓으니께 한껏 어울린다.

아부지는 살아 돌아오실 거요. 난 돌아오시라고 기도하는 마음으로 감꽃목걸이를 올려놨응께요.

니가 뭘 안다고. 이것도 부질없고 청승맞은 짓인지 모르겠다.

소도댁은 토심스러운 나머지 돌아앉았다.

예기치 못한 출현

나는 감꽃이 떨어질 때면 어김없이 감꽃을 주워 감꽃목걸이를 만들었다. 어머니는 아버지의 영정 앞에 정갈하게 제사상을 차려 올렸다. 나는 의식을 치르듯 감꽃목걸이를 아버지의 영정 앞에 올렸다.

지성스럽기도 하다. 그런다고 죽은 사람이 살아 돌아올 것 같으냐?

어머니는 나의 속내를 헤아리고서 또르르 눈을 흘겼다. 그럴 때마다 나는 아버지가 살아 돌아올 것이라고 마음속으로 다짐하였다. 환한 미소를 지으며 대문을 들어설 것이라고.

엄니는 몰라요.

나는 어머니의 체념을 불만스러워하였다. 점을 보고 와서 열병을 앓고 난 뒤, 아버지에 대한 그리움과 기다림의 깃대를 사정없이 꺾어 버리고 나서 체념으로 돌아선 어머니의 마음을 이해할 수 없었다. 아무리 용하다지만 점쟁이의 말에 그렇게 현혹되다니…….

어머니의 심정은 조금도 변함이 없었다. 해마다 감꽃이 떨어지면 아버지의 기제사를 올렸다. 의무감인가, 아니면 지아비를 사랑해서인가. 나 또한 세월과 함께 어머니의 의식(儀式)을 무심한 마음으로 받아들였다. 연례행사처럼, 감꽃목걸이를 만들어 아버지의 영정 앞에 올려놓으며 살아 돌아오기를 기원하였다. 나에게 있어 기도문이자 신념의 마력을 불러 모으는 행위였다.

그와 함께 또래들과 점점 멀어졌다. 그야말로 외톨이었다. 내 쪽에서 다가가면 징그러운 뱀처럼 물러났고, 또래들이 다가오면 내 쪽에서 앵도라진 자존심으로 외면하였다. 붉은 물이 든 자식이래. 또래들은 걸핏하면 돌멩이로 내 머리를 치려고 하였다. 그럴 때면 몹시도 억울하였고 서러웠으며 분노가 차올랐다. 참아야 한다. 무슨 말을 하더라도 꾹꾹 참거라. 어머니는 그때마다 목이 잠긴 소리로 나를 다독였다.

또래들뿐만 아니었다. 동네 어른들도 짐짓 외면하고 지나쳤다. 못 볼 것을 본 듯한 그 눈빛에서 때로는 배신감을 느끼기도 하였다. 아버지가 계실 때는 배앓이만 해도 찾아와 하소연하였고, 약 한 뿌리만 내주어도 감지덕지하더니 이제는 아주 몹쓸 사람으로 매도하였다. 아버지의 이름을 떠올리기조차 꺼려하였다. 어머니는 그 점을 조금도 섭섭해하거나 마음에 두지 않았다. 어머니 또한 이웃들을 소 닭 보듯 대하였다. 그리고 세월이 갈수록 침묵으로 다져 누르며 내색을 하지 않았다.

마을사람들은 그렇다 치고, 더욱 난감한 것은 친척들이었다.

애초부터 어머니는 시갓집이고 친정집이고 철저히 담을 쌓고 지냈는지라 거의 왕래가 없었다. 명절 때도 발걸음을 하지 않았고, 누구 한 사람 찾아오지 않았다. 그래서였을까, 명절 때면 몹시도 외롭고 고적하였다. 설날에는 서러울 정도로 추위를 탔다.

어느 때였던가. 외가 쪽 누군가가 상을 당하여 어머니는 모처럼 내키지 않는 무거운 걸음으로 문상을 갔다. 나는 어려서 어머니의 등에 업혀 외갓집을 가고 난 이래로 처음으로 외갓집을 방문한 셈이었다.

많이도 컸구나!

외할머니는 눈가에 째죽거리는 물기를 닦으며 나의 머리를 한숨으로 쓰다듬었다.

크는 아이인디 그럼 난쟁이 콩만 해라우.

어머니는 날선 소리를 하며 문상을 하였다. 어머니에게 달갑게 말을 거는 사람은 없었다.

배고프겠다. 너나 뭘 좀 배불리 묵거라.

외할머니는 나를 음식광 한쪽에 데리고 가 이것저것 눈치껏 푸짐하게 음식을 차려 주었다. 나는 배가 고팠는지라 허겁지겁 먹었다.

니가 소도댁 딸이구나. 느그 애비 닮아 곱상하고 이쁘장하다만, 장차 니 신세가 어쩔끄나. 애비 잘못 만난 것도 죄이니라.

누군가 혀 꼬부라진 소리로 이마를 들이대며 혀를 찼다. 지독한 술 냄새를 풍겼다.

어린 것에게 무슨 몹쓸 말을 하시오?

어머니가 눈에 불꽃을 일으키며 친척 사내를 밀쳐 냈다. 그리고 나의 손을 와락 잡아끌고 외갓집을 벗어났다. 치마폭에 갈기 사나운 놉새바람이 일었다. 어머니는 그 뒤로 아예 친정 쪽으로 고개도 돌리지 않았다.

또 어느 해였던가. 본가에 혼례식이 있었다. 어머니는 어쩔 수 없다는 듯 본가를 찾았다. 나는 사촌들과 낯이 설어 서먹하기만 하였다. 어머니는 본가에서도 따돌림을 받았다. 물 위의 기름처럼 맨숭하게 겉돌았다. 나는 친근하게 발붙일 곳이 없어 한갓진 곳에서 외로움을 깨물었다.

왜, 그러고 있느냐? 사촌들하고 같이 어울려 놀제. 원수녀러 시국. 이쁘게 낳았다만 고단한 신세로다. 느그 아부지 땜새 우리마저 마음고생을 했다만 느그만 하겄냐. 몹쓸녀러 인사, 세상에 없는 참한 성품을 지녔으면서 무슨 놈의 붉은 물에 매몰될 것이냐.

큰어머니가 지나치다 말고 짜안한 눈으로 나를 어루었다. 어머니의 재촉에 못 이겨 해거름에 돌아오면서 큰어머니의 말을 곱씹었다.

엄니, 아부지가 진짜 붉은 물에 매몰됐는가라우?

누가 그러디야?

어머니는 포르라니 감정을 일으키며 민감하게 받아들였다.

큰어무니가 그러데.

또 다른 말은 없었고야?

아부지 땜새 큰집 작은집도 고생이 많았다고 하드만.

어린 것에게 할 말 못할 말이 따로 있제.

어머니는 그 말 뒤끝에 본가마저도 발길을 아주 끊었다. 철저히 외톨이로 지냈다. 나도 무주공산에서 노닐기는 마찬가지였는데, 어느덧 그 같은 환경에 적응하여 불편을 몰랐다. 어머니와도 하루에 기껏 몇 마디였지만 갈등이라든가 불만스러움은 없었다. 나름대로 나만의 공간 속에서 자유를 누렸다. 아무도 침해할 수 없는 공간이었다.

어머니도 그 점을 묵인하였다. 어찌 생각하면 우리 집은 망망대해에 떠 있는 외로운 섬이었다. 나는 점점 외로운 환경에 길들여졌다. 오히려 번잡한 곳이 싫었다. 주위 사람들에게 침울하고 말없는 아이로 나를 각인시켜서였을까, 나의 공간은 한없이 드넓었다. 누가 방해하지도 않았고 잠식하지도 않았다. 온갖 사물을 대하며 상상력을 마음껏 펼쳐나가는 가운데 나만의 세계를 설정하였다. 땅속에서 움 솟는 머위꽃을 보고도 감탄을 금치 못하였으며, 붉게 피어나는 꽃들을 바라보며 그 강인한 생명력을 붙들고 하루를 보낼 수 있었다. 벌, 나비, 산새들의 지저귐과 날갯짓을 바라보며 자연의 위대함과 넉넉함을 가슴에 지니었다.

*

나는 주위와 소원한 가운데 평화로움을 누렸다. 말없는 자연과 만물의 속삭임에 동화되어 광활한 대지를 벗으로 삼았다. 그렇게 의식해서가 아니라 자연스럽게 마음과 대지의 훈김이 하나로 합일하였다. 어머니도 마찬가지였다. 근심걱정을 여읜 듯 말없이 부지런하였다. 가끔 피로하거나 잠 못 이루고 뒤척일 때는 한숨이 새어 나왔으나, 그것은 어머니의 몸에 배어 버린 습관이었다. 한숨이라도 짓지 않는다면 어찌 정한으로 문드러지고 곰삭은 여인네의 가슴이라 할 수 있겠는가.

그런데 그 평화로움도 얼마 가지 못하였다. 한 사내의 출현으로 출렁 파도가 일었다. 굉장한 파도였다. 어머니와 나는 쓰나미와도 같은 그 파도를 감당할 수 없었다. 거센 물살에 난파당한 기분이었다. 다른 사람 아닌 김순열 선생이었다. 정말 청천벽력과도 같은 출현이었다.

놀라실 줄 알았습니다. 저도 저어하는 마음으로 찾아왔습니다. 진즉 찾아뵈었어야 했는데 제 사정이 그랬습니다.

김순열 선생은 차분한 음성으로 말하였다. 한쪽 다리가 불편한 듯하였다. 헛깨비는 아닌 듯싶었다. 어머니는 한동안 말문이 막혔다. 세상에나! 다 잊고, 다 포기하고 살아왔는데 어인 일인가.

용케 살아 계셨구만이라우.

어머니는 넋을 잃고 있다가 눈물을 주루룩 내쏟았다. 눈물도 메말라 버린 어머니로서는 마치 아버지가 살아 돌아온 듯한 착

각에 빠진 듯하였다.

아득하고 기막힌 운명이었습니다. 살아 있다는 게 기적만 같습니다. 의원님의 보살핌이 아니었다면 살아날 수 없었을 것입니다.

김순열 선생은 아버지더러 의원이라고 하였다. 그 호칭이 나의 가슴 한쪽을 뿌듯하게 하였다. 어머니는 무슨 말부터 해야 할지 몰라 저고리 고름으로 눈시울을 찍어냈다.

의원님과는 산속에서도 동고동락하였습니다. 저의 상처 때문에 빠져나갈 수 없었거니와 마음이 통하였습니다.

그 말은 삼수한테 이미 들었구만이라우.

삼수요?

김순열 선생은 삼수 말이 나오자 크게 반문하였다.

모르고 있었는감요? 삼수는 목숨 부지하려고 전향했습디다. 한 번 만났구만요.

그래요? 충격이 컸겠습니다.

넋이 다 나갔지라우. 몇 날을 앓아 누었응께요.

나는 비로소 어머니가 몽유병자처럼 앓아 누웠던 때를 이해하였다. 점을 보러 간 게 아니라 삼수아저씨를 만났던 것이다.

삼수, 참 우직하였습니다. 끝까지 우정을 저버리지 않았고요. 우리가 탈출할 수 있었던 것도 삼수의 우정 때문이었는지도 모릅니다.

그럼, 삼수 말대로 대열에서 두 분이 이탈하였구만요?

탈출이었지요. 뒤처져 가면서 기회를 엿보았어요. 그 같은 계획은 오래전부터 은밀하게 추진하였고요.

김순열 선생은 그날의 악몽을 떠올리고서 으쓱 몸을 한 번 추슬렀다. 빗속에서 뒤처져 걷던 두 사람은 가파른 산등성이를 지날 때 총성이 울림과 동시에, 기회는 이때다 싶어 한데 뒤엉킨 채 산 아래로 굴렀다. 나무둥치에 부딪치고 바위 모서리에 으깨지면서 내리굴러 떨어졌다. 두 사람보다 앞서 걷던 삼수는 충분히 두 사람의 탈출을 눈치챘을 것이다. 만신창이가 된 두 사람은 바위굴을 찾아들었다. 음습한 바위굴이었다. 바위굴 천장에서 물방울이 떨어졌다. 두 사람은 떨어지는 물방울에 이마를 부시며 정신을 잃었다.

애 아부지는 깨어나지 못했는감요?

어머니의 얼굴 한켠에 먹장구름이 뒤덮였다. 나도 그 말을 듣는 순간 무언가가 울컥 솟구쳐 오르며 숨이 막혔다.

우리는 며칠 만에 깨어났어요. 바위굴 천장에서 떨어지는 물방울이 살린 셈이었지요.

조영은 의식이 돌아오자 자신도 사경을 헤매면서 포복걸음으로 바위굴 주위의 풀뿌리를 채취하여 헐거운 배를 채우게 하였고, 약초를 구해 상처를 치료하고 원기를 돋우어 주었다. 조영은 정말 의인(醫人)이었다. 김순열 선생을 또 한 번 사지에서 구해준 셈이었다. 조영의 피나는 노력과 정성이 아니었으면 바위굴 속에서 목숨을 잃었을 것이다.

그렇게 한 달여 바위굴 속에서 몸을 조리한 다음 산을 내려가기로 하였다. 하지만 선불리 행동할 수는 없었다. 잘못하여 발각되는 날에는 사살될 것이었다. 어디를 둘러보아도 궁지에 몰린 생쥐 꼴이었다. 조영과 김순열 선생은 조심스럽게 지형정찰을 하였다. 산기슭에 둥지를 튼 집들은 소개되었고, 어느 곳에서 총탄이 날아올지 몰랐다. 겨우 혈로를 발견한 두 사람은 폭우가 쏟아지는 밤을 이용하여 산을 내려왔다.

혈로를 찾아 도착한 곳은 대여섯 채의 움막집이 모여 사는 산속이었다. 피난민들인가 생각하였는데 그게 아니었다. 하나같이 육신이 정상적인 사람들이 아니었다. 악취마저 풍겨났다. 미처 피난을 가지 못한 병든 자들인가 생각하였는데 그것 또한 아니었다. 그들은 한센 환자들이었다. 한센 환자라는 이유 하나만으로 그곳까지 끌려와 집단사살의 위기에 놓였었는데, 갑자기 교전이 벌어지는 바람에 그들을 내팽개친 채 퇴각하였다는 것이었다. 그러니까 이들은 양쪽의 빗발치는 총알 속에서 살아남은 것이다. 그렇지 않아도 온전한 육신들이 아닌데, 굶주림과 공포로 차마 눈뜨고 볼 수 없는 버려진 존재였다.

의원님, 아무래도 잘못 찾아든 것 같습니다.

그러게요. 여우굴을 벗어나 호랑이굴을 찾아든 셈이오.

간신히 산을 내려온 두 사람은 그들 앞에서 또 한 번 절망하였다. 김순열 선생은 뒤도 돌아보지 않고 그곳을 벗어나려고 하였다. 그 순간 조영이 팔을 붙들었다.

김 선생, 이곳이 더 안전할지 모르겠소. 그리고 저들을 치료해 줍시다. 저들도 같은 동족 아니오. 도저히 눈 뜨고 그냥 돌아갈 수 없겠소. 이곳에 눌러 지내면서 차차 갈 길을 정합시다.

김순열 선생은 조영의 말에 마음을 돌렸다. 조영의 뿌리칠 수 없는 인간애가 전율처럼 가슴을 파고들었다.

조영의 헌신적인 봉사는 눈물겨웠다. 피고름을 짜내고 주위의 약초를 채취하여 악취를 제거하였다. 처음에는 그들도 경계의 눈초리를 번득였는데 차츰 조영의 정성을 받아들이고 신뢰하였다. 열악한 환경 속에서 산야의 약초로 한센 환자를 치료한다는 것은 무리였으나 그들은 조영의 정성에 마음의 위안을 찾았다.

애 아부지와는 함께 그곳을 나오지 않았는가요?

어머니는 조급해하였다.

지금 생각하면 억지로라도 끝까지 행동을 같이했어야 했는데 후회막급입니다.

두 사람은 일 년여 동안 그들과 함께 생활하였다. 김순열 선생은 그들과 친숙해지면서 점차 마음을 열었다. 한센 환자 중에는 지식인도 있어 대화가 통하였다. 무엇보다 조영의 지극한 치료로 청결함을 유지하였고 그들의 표정 또한 사뭇 밝아졌다. 자신들의 운명을 저주하고 아무 죄 없이 형벌을 내려 준 신을 불신하면서 스스로를 부정하고 회의하는 가운데 진정한 삶은 무엇인가? 의문부호를 화두처럼 가슴에 담고 있었다. 그런 그들을 바라보노라면 벼랑 끝에 위태롭게 뿌리내린 소나무가 연상되었다.

그곳에서 헤어졌단 말인가요?

그런 셈입니다.

똑 부러지게 말해도 무엇할 것인디, 그게 무슨 말이다요?

소도댁은 말머리를 더듬거리는 김순열 선생의 말에 조급해했다.

그동안 두 사람은 주위의 상황과 세상의 흐름을 어느 정도 감지하였다. 세상에 내려가서 전향을 하던가, 자수를 하던가, 그것도 아니면 법의 심판에 맡겨도 된다는 것을 알았다. 김순열 선생은 언제까지 하세월 그곳에 머물고 싶지 않았다. 자신의 존재를 내보이며 떳떳하게 새로운 인생을 살고 싶었다. 처자식이 기다리고 있는 조영의 마음은 더하였다.

그런디 왜 함께 행동하지 않았는감요?

어느 날, 기회를 보아 제 생각을 말했습니다. 의원님은 두말없이 머리를 끄덕였어요. 그러면서 자신은 좀 더 머물러야겠다고 하더군요.

김순열 선생은 그 마음을 이해하면서도 조금은 불만스러웠다. 이럴 때 과감한 행동과 용기가 필요한 법인데 무얼 망설이고 주저하는가? 한센 환자들을 위해서? 집으로 돌아가면 불이익을 당할까 봐서? 사실 조영은 붉은 물이 들지 않았다. 인정에 이끌렸으며 인간애가 우러난 의무감에 사로잡혔고 우정을 저버리지 못하였다. 우유부단해서가 아니라 세상인심이 조영을 어느 한쪽으로 몰아세웠다. 손가락총에 의해 뭇가름을 당한 것이다. 그 점을 왜 떳떳하게 말할 수 없는가? 함께 동고동락한 사람으로서 극구 나서서 변명할 수 있었다. 어떠한 수모와 불이익을 당할지라도. 그러나 조영의 생각은 달랐다. 차마 박정하게 한센 환자들을 외면할 수 없었다. 의술을 가진 사람으로서의 양심을 마음에 두었다.

김 선생 먼저 내려가시오. 나는 좀 더 동정을 보아가면서 사태의 추이를 지켜보겠소. 그리고 저들을 두고 매몰차게 떠날 수 없겠어요. 두 사람이 한꺼번에 떠나간다면 얼마나 섭섭하겠소. 저들을 간호해야겠어요. 나중에 사태의 추이를 보아가면서 김 선생이 나를 불러도 될 것이고……. 내 마음 알겠소?

조영은 선을 긋듯 말하였다. 김순열 선생은 조영의 마음이 확고하다는 것을 알았다. 어쩌면 자신이 내려가 먼저 매를 맞은 다음 조영을 불러내어 구명운동을 하여도 좋을 듯싶었다.

그래서 혼자 내려왔구만이라우.

무거운 발걸음으로 저만 내려왔습니다. 사지에 끌려 내려온 듯하였지요.

김순열 선생은 하산과 동시에 몇 차례 혹독한 심문 끝에 방면되었고, 몇 번의 탄원과 절망을 맛본 뒤에 자유의 몸이 되었다. 그렇다고 완전한 자유의 몸은 아니었다. 어디를 가더라도 그림자처럼 지나온 선력이 뒤따라 다녔다. 어쨌거나, 우여곡절 끝에 방면이 된 김순열 선생은 조영을 불러내야겠다고 마음먹었는데도 보이지 않는 제약이 많아 쉽사리 기회가 오지 않았다. 그러다 얼마 전, 이래서는 안 되겠다 싶어 그곳을 더듬거리며 찾아갔다. 없었다. 사방을 둘러보았지만 흔적도 없이 사라지고 없었다. 잡목만 무성하게 얼크러져 있었다. 한센 환자들에게 무슨 일이 일어났는가? 순간 대성통곡을 하고 싶었다. 너무 늦게 찾아온 것이다.

정신을 가다듬은 김순열 선생은 조영의 행방을 수소문하였다. 산 아래 마을사람들은 빛바랜 기억처럼 망각의 강물 속에 그들을 던져버린 지 오래였다. 그들의 종적을 아무도 몰랐다. 어떤 사람은 무더기로 살해되었을 것이라 하였고, 어느 노인네는 강제로 내쫓김을 당하였다고도 하였다. 어느 쪽이 진실인지 가늠할 수 없었다. 면사무소나 파출소에 물어보고 확인해 봐도 한센 환자들이 집단 사살되었거나 강제로 내쫓김을 당하였다는 흔적은 없었다. 알다가도 모를 일이었다.

절망이 따로 없네요.

어머니는 금방이라도 무너져 내릴 것 같았다. 살아 있다는 기대감을 지녀야 하는가? 이미 저세상 사람이라고 포기하지 않았는가. 살아 있다면 어떠한 상황에 처했더라도 돌아왔을 것이다. 그보다 더한 사람도 숨죽이고 살고 있지 않는가. 어머니는 이 세상 사람이 아니라고 가슴에 못을 박듯 단정한 모양이었다. 나도 가슴이 북받쳐 올랐지만 어머니의 마음과는 달랐다. 어딘가에 살아 있을 것이라는 믿음 같은 게 가슴 한쪽에 자리하였다. 그 순간 아버지의 음성이 아득한 곳에서 들려왔기 때문이었다.

우리 공주 기다려라! 그 소리를 이명처럼 들으며 잘근 입술을 깨물었다.

저도 기대감이 사라졌습니다만, 그렇다고 속절없이 절망하지는 않습니다. 그들의 행적을 찾아나설 겁니다. 그때 의원님의 치료를 받았던 한센 환자 가운데 한 사람이라도 만날 수 있다면 소식을 알 수 있을 것입니다.

김순열 선생의 말 속에는 다분히 위로 차원의 소망이 깃들어 있었다.

그 사람들이 흔적도 없이 사라졌는디 어디 가서 찾을 것이오.

어머니는 시종 부정적이었다.

찾아봐야지요. 그보다 더한 절체절명의 순간에도 살아 남았는데 설마 그렇게 헛되이 최후를 마쳤겠습니까. 저에게는 평생을 갚아도 못 다 갚을 생명의 은인이고요.

금메요. 저는 접어 뿔랍니다.

어머니는 더 이상 미련을 갖지 않겠다는 얼굴이었다. 김순열 선생은 그 뒤로도 서너 번 우리 집을 방문하였다. 아버지에 대한 은공과 지난날을 기리기 위해서였다. 두툼한 선물꾸러미에서 그 점을 쉽게 읽을 수 있었다. 그리고 절름거리는 걸음으로 한센 환자들의 주거지를 찾아다니며 아버지에 대해 수소문한다고 하였다.

굳세게 사셔야 합니다. 너도 착하고 예쁘게 자라야 한다.

김순열 선생은 착잡한 눈길로 위로하였다.

어짤 것이오. 모진녀러 시상. 두 다리 개얹고 뒷짐지고 살 수는 없지요.

어머니는 독기가 묻어나는 음성으로 자신을 다잡았다. 정말이지, 어머니는 아드득 자신을 쥐어뜯으며 삶의 망태를 이고지고 곱사춤을 추듯 지근지근 지신밟기를 하였다. 처절할 정도로 피멍울이 들만큼 육신을 혹사시켰다. 해원굿을 하듯 외로움과 고통을 풀어 던지며 어머니만의 삶을 구축하였다. 아닌 게 아니라 어머니는 김순열 선생을 만난 뒤에도 감꽃이 떨어지면 경건하게 제사를 올렸다. 어머니의 그 마음은 모질다기보다는 정한과 그리움으로 문드러진 억하심정이었다. 자세히 들여다보면 서릿발처럼 단호한 그 내면에 해무 같은 그리움과 기다림의 촉수가 비죽이 내비치고 있었다.

둥지를 떠나는 새

소도댁은 딸에게 변화가 온 것을 느꼈다. 육체적으로나 정신적으로나 성장의 속도가 빠르게 다가왔다. 생리가 시작되고 가슴이 뭉싯하고 엉덩이가 부풀더니 정신세계가 나날이 달라졌다. 그렇게 자라기를 기도하는 마음으로 은근히 바랐지만 소도댁은 딸의 성숙한 미래에서 알 수 없는 불안감을 느꼈다. 얼마 안 있으면 어미 곁을 떠날 것이라는 불안감이 자리한 것이다. 알에서 깨어난 새끼제비가 어느 날 훌쩍 둥지를 떠나는 모습을 예사로 보지 않았다. 딸도 그런 날이 오리라. 언제까지 곁에 머물러 있을 수도, 붙잡아 둘 수도 없는 게 삶의 순환과정이었다.

그래, 보내야 할 때는 보내야제. 소도댁은 나날이 변모해 가는 딸의 모습을 바라보며 한편으로는 흐뭇하였다.

인자, 너도 시집갈 준비를 해야겠다.

엄니, 무슨 그런 말을 하시오?

니가 암만 그래싸도 시집 갈 때는 가야 한다.

소도댁은 생쿵 돌아앉는 딸의 뒷모습에서 불현듯 처녀시절을 떠올렸다. 부모님께서 시집을 가라고 하였을 때 딸처럼 샐쭉 토라졌었다. 그런데 남편을 보는 순간 알 수 없는 설레임으로 후드득 치마말기를 부여잡았다. 봐라. 그것을 두고 천생연분이라고 하는 거다. 당숙모의 그 말을 듣는 순간 볼기짝을 한 대 얻어맞은 기분이었다. 천생연분이라……?

소도댁은 남편의 얼굴이 눈앞에 다가오자 금방 마음이 차갑게 식어 내렸다. 죽었는가, 살았는가? 살아 있다면 어디메서 숨죽이고 사는 걸까. 소도댁은 한 점 흰구름처럼 떠가는 남편의 영상을 한숨 죽여 짓눌렀다. 부질없는 망상일러라.

엄니, 내일 모레가 설인디 대목장 보러 안 갈 거요?

가야지야. 혼자 가기는 짐이 무거울 것이고 같이 가자꾸나.

소도댁은 정신을 되돌리며 장을 보기 위해 집을 나섰다. 눈발이 희끗거렸다. 소도댁으로서는 명절 돌아오는 것이 제일로 싫었다. 찾아오는 사람 없이 모녀가 썰렁한 기분으로 명절을 지낼 때마다 토심스럽기만 하였다. 밥 한 그릇 올려놓을지라도 명절인지라 정성을 담을 수밖에 없었고, 그러다 보면 한 움큼 회의가 들면서 조용히 나앉았다. 그래서 오늘도 장보기를 마뜩찮아 하였는지 몰랐다.

눈이 제법 올 모양이요.

딸은 눈송이를 머금었다.

눈이라도 펑펑 쏟아졌으면 좋것다. 명절인데도 대문 밖에 인적이 끊길 바에야 눈이라도 내리면 마음 푸근하지 싶다.

눈사람을 만들어야겠네요.

딸은 금방 동심으로 돌아갔다. 어린 시절 아버지와 즐겨 눈사람을 만들었다. 이건 엄니고, 이건 아부지고, 이건 우리 공주야. 이쁘지? 아버지의 음성이 이명처럼 들리면서 지난날을 잘근 깨물었다.

다 큰 것이 생각한다는 게.

소도댁은 딸의 귓불을 퇸통 흘겼다. 햇살 들이치면 금방 녹아 없어질 눈사람을 만들어 무엇하게. 부질없는 짓거리였다. 아니다. 남편은 눈사람처럼 땅속으로 녹아내렸을 것이다.

엄니요. 사람은 언제 어디서나 희망을 버려서는 안 된다고 했어요. 저는 아부지가 살아계실 거라고 믿어요. 눈사람을 만들면서 그렇게 기원할래요.

쓰잘데없는 망념이다. 살아있다면 우리들 앞에 안 나타났것냐?

이산가족이 얼마나 많아요. 우리만 기다림과 그리움으로 세월을 이고 있는감요.

잔생이도 철이 없는 것.

소도댁은 또르르 눈을 흘기며 머퉁을 주었다. 눈보라는 더욱 짓궂게 휘날렸다. 눈이 내리는데도 대목장이어서 제법 북적거렸다. 떡방아산이 제일로 붐볐다. 소도댁은 생선, 나물류, 육류 따위를 사들고 옹기전을 들어섰다. 오랜만에 온 셈이었다. 옹기전 주인장은 세월의 무게에 짓눌려 더욱 노쇠하였고, 옹기전을 전적으로 맡아 하는 아들도 중년이 되었다.

어서 오시오. 어떻게 지내셨소?

옹기전 주인장은 질화로를 안고 있다가 반겨 맞았다. 옹기그릇마다 흰눈이 소복이 쌓이기 시작하였다.

설장을 보러 왔던마는 날씨가 손님맞이를 합니다.

설 명절에 눈이 내리는 것도 좋지요. 풍년이 든다고 하지 않던가요. 따님이 몰라보게 성장하였구랴. 시집갈 때가 되얏구만.

옹기전 주인장은 새삼스러운 눈으로 딸을 올려다보았다.

중매라도 서 주실라요?

좋지요. 걱정 마시오. 좋은 자리 하나 물색해 봅시다.

옹기전 주인장은 흔연하게 대답하였다.

너무 버거운 곳은 부담이 큽니다. 그저 아등바등해야지요.

혼사가 기울면 말썽이 일어나는 법이오. 당사자도 시집살이가 고단하고. 어디 둘러보면 알맞은 자리가 있을 게요.

암튼, 신경을 써 주시오.

소도댁은 아예 다짐을 놓았다. 눈길을 나설 때는 딸의 혼삿말은 생각지도 못하였다.

지내기는 어떻소?

꿈속에서 금강산을 구경할 만큼 여유작작 지내요.

허허, 그 말속에 무언가가 맺혀 있구려.

옹기전 주인장은 파안대소하였다. 며느리가 떡국을 내왔다. 소고기를 다져 넣은 떡국은 입맛에 척 맞았다. 금방 몸과 마음이 추위에서 풀려났다.

저그, 무인 어르신은 소식이 없는가라우?

겨울 들어 한 번도 오지 않았소. 설 쇠고 오겠다는 기별이 왔는디, 무슨 전할 말이라도 있으시오?

그냥 안부를 물은 거요.

삼수 소식이 듣고 싶은 거지요? 그 사람 무인으로부터 떨어져 나가 도자기 공방을 새로 열었다고 합디다. 죽은댓기 무인에게 도자기 기술을 전수받더니만 나름대로 일가를 이룬 셈이오.

듣던 중 반가운 소식이네요.

그러게요. 삼수 생각을 하면 조영의 모습이 떠올라 마음이 아프요. 온전하게 약재상을 하였더라면 구제창생을 하였을 것인디, 아까운 인물이오.

타고난 운명 아니것소. 저는 남편의 존재는 접어 뿐 지 오래요.

왜 아니겠소만, 사람의 마음이 한량없는 무심지경에 이를 수는 없을 것이오.

옹기전 주인장은 소도댁의 마음을 헤아렸다. 딸을 시집보내자 한 것도 따지고 보면 남편의 영상을 더 멀리 아득한 명계로 떠나보내고 싶은 원망에서일 것이다. 상사로 문드러진 저 차가운 모습. 소도댁을 대하면 겨울 호수를 떠올리게 하였다.

소도댁이 자리에서 일어나려는데 옹기전 주인장은 소도댁의 마음 언저리를 연민 어리게 어룬 때문인지 투박하게 생긴 기름병 한 개를 선물하였다. 옹기전을 나온 소도댁은 딸을 앞세우고 장터목을 벗어났다. 친정집을 찾듯 유일하게 길목을 트고 말문을 여는 곳은 옹기전이었다.

엄니는 희떠운 소리나 하기 위해 장에 오자고 했는가?

잠자코 걷던 딸이 퉁명스럽게 내뱉었다.

인륜지대사가 어째서 희떠운 소리냐. 할 말을 한 것이제.

내가 언제 시집가겠다고 목매달던가요?

니가 바로 질정 없는 소리를 한다. 사람은 자고로 순리를 따르는 법이다.

그래도 나는 싫네요. 우리 집 감꽃이 어디에 또 있을라든가.

감꽃은 어디 가나 지천이다.

소도댁은 딸의 말에 찌르르 가슴이 아파 왔다. 니, 아부지 영상을 어느 감나무 아래에서 붙들 수 있을끄나…….

엄니하고는 말 안 할라요.

딸은 앵돌아진 채 눈길을 밟았다. 소도댁은 옹기전 주인장이 선물한 기름병을 매만졌다. 살아 있는 자의 훈김. 그러자 아직도 남편이 채취한 약초를 마루방에 매달아 놓은 것을 상기하였다. 따스한 훈김을 느껴 볼 수 없었기에 망각 속에 묻어 두었는지 몰랐다. 소도댁은 갑자기 그 가운데 아무거나 한 가지 약초를 꺼내어 뜨거운 물에 우려내어 훌훌 마시고 싶었다.

집으로 돌아온 소도댁은 서둘러 마루방에서 금방이라도 형체 없이 부스러질 것 같은 약초를 꺼내어 펄펄 끓인 다음 후후 불어 가며 추위를 털어냈다.

이건 무슨 약초 맛이요? 맛이 참 미묘하네요.

나도 모르것다. 하도 오래되어서 그런 맛이 나것지야.

어디서 났는디요?

니는 알 것 없고, 그냥 보약이거니 하고 마시거라.

소도댁은 순간 끓인 물을 냅다 던져 버리고 싶은 충동을 가까스로 참아 냈다. 이 무슨 청승인가. 속빈 강정만도 못한 심사가 아닌가. 딸은 그 마음을 아는지 모르는지 눈보라 치는 창밖을 바라보며 느긋한 얼굴로 차를 음미하였다.

설날 아침은 세상이 온통 흰 눈으로 뒤덮혔다. 왕래하는 사람의 발자국 하나 없는 대문 밖은 잔설을 나부끼는 바람소리만 전설을 불러왔다. 백설로 뒤덮인 가없는 대지. 소도댁은 조용히 차례를 지냈다. 딸은 소리 없이 방문을 나서더니 눈뭉치를 굴렸다. 어느 사이에 눈사람 셋을 만들었다. 소도댁은 눈을 흘기려다 말고 잔잔한 눈길로 보아 넘겼다. 딸이 만든 저 눈사람도 내년쯤에는 보지 못할지도 모른다. 딸이 시집가면 텅 빈 마당가에 흰 눈만 소복이 쌓일 것이다. 그러자 애잔한 마음이 문풍지처럼 가슴을 울렸다. 세월은 그렇게 무심한 것인가. 가는 세월 속에 옛일은 하나씩 지워지고 묻히어 망각 속으로 사라짐에랴.

*

봄이 오고, 딸의 혼사가 착착 진행되었다. 옹기전 주인장이 적극적으로 중매를 선 때문이었다. 딸은 눈높이로 올려다보이는 곳은 한사코 마다하였다.

엄니요, 그런 곳은 싫으요. 시집을 가서 눈 아래로 밟히는 설움은 수모요.

왜, 아니냐. 우리 처지를 생각해야제.

소도댁도 딸과 같은 생각이었다. 욕심을 부린다고 될 일은 아니었다. 걸핏하면 애비의 사상을 들먹이며 딸을 곤혹스럽게 할 것이었다. 세상의 가늠자는 일방통행으로 유통되기 마련이어서 아버지가 씌워 준 연좌제라는 가시관을 거두어들일 수는 없을 터였다.

참 마음씨들이 비단결이오. 나보다 못한 곳에 시집가서 한 살림 이루는 것도 삶의 보람이지요.

최후로 내세우는 신랑감을 사위로 결정하자 옹기전 주인장은 흔연한 빛을 띠었다. 집안이 내세울 것 없었고, 부모님을 모시고 농사를 짓는 가난한 농사꾼이었다. 그쪽이 마음에 드는 것은 심성이 고와서였다. 부지런한 만큼 아내를 위하지 싶었다. 결혼은 오는 가을에 올리기로 하였다. 혼사는 멀리 잡아 봐야 좋지 않은 말만 오고 간다고 저쪽에서 채근댔으나, 딸이 한사코 아버지 기일을 지내고 나서 시집가겠다고 뻗댔다.

시집가고 나서도 얼마든지 아부지 기일에 올 수 있을 것인디 그러냐?

그때는 위치가 다른께요. 그리고 시집가는 게 뭐 그리 급하요.

어차피 정한수 떠 놓고 결혼식 올릴 것인디…….

내 마음도 너를 곁에 더 두고 싶다만 저쪽에서 보채싸서.

소도댁은 여름 문턱에 다다른 마른 햇살 아래 짙푸르게 변해 가는 초록잎들을 어루만졌다. 예외 없이 올해도 여린 감잎 사이로 숨바꼭질하듯 감꽃이 피어나기 시작하였다. 한 차례 바람이 일렁이고 우수수 감꽃이 떨어질 때, 소도댁은 제사음식을 장만하였다. 딸은 기다렸다는 듯 감꽃을 광주리에 주워 담았다. 그리고 정성스레 감꽃목걸이를 만들었다. 그 어느 때보다도 정성스러웠다. 처연하기까지 하였다. 말없는 가운데 소도댁은 남편의 혼백을 기렸고, 딸은 아버지가 살아 돌아오기를 기원하였다.

당신의 딸이 벌써 자라서 올가을에 시집을 가요. 서러움을 잔뜩 짊어지고요. 딸의 장래를 저 먼 곳에서도 지켜 주시오. 서럽게 자랐소.

소도댁은 지성으로 제사상을 차려 올렸다. 딸은 정성으로 만든 감꽃목걸이를 영정 앞에 놓았다.

시집을 가기 전 마지막으로 감꽃목걸이를 만들어 올립니다. 오늘에 이르도록 살아 돌아오실 줄 모르니 목이 메입니다. 죽은 자가 살아 돌아온다는 전설을 믿어요, 아부지! 시집을 가고 나서도 감꽃이 떨어질 때면 아부지가 살아 돌아오기를 기다리겠습니다. 이 딸의 염원을 저버리지 마셔요.

딸은 기도하며 절을 올렸다. 모녀의 한 차례 의식은 비나리요, 씻김굿이었다.

살포시 여름으로 들어섰다. 여름날의 밤하늘은 유난히 은하수가 선명하였다. 견우성과 직녀성이 은하수를 사이에 두고 칠월 칠석날을 기다렸다. 하늘의 직녀성도 일 년에 한 번 견우성을 만나 보는디, 우리 낭군은 어디메서 헤매고 있을끄나. 구천에라도 찾아 나서고 싶네라. 소도댁은 은하수를 만감 어린 눈으로 바라보았다. 딸도 처녀시절의 마지막 여름을 알토란같이 보내기 위해 매사를 정갈하고 섬세하게 수를 놓듯 보냈다.

오곡이 무르익은 가을이 왔다. 아무리 간소한 혼례식이라도 대사임에랴. 소도댁은 신경이 쓰였다. 그러나 딸은 무심하였다. 치장을 바라지도 않았고 혼숫감을 탐하지도 않았다. 소도댁이 오히려 민망한 마음이 들었다.

왜, 그리 태평하냐. 마음이 설렐 것인디.

달이 뜨고 진다 해서 변한 게 있습디요. 가면 가는 거지요.

어쨌거나, 신랑 바라보고 신실하게 살아야 한다.

염려 놓으시오. 남부럽지 않게 살림을 일굴 텐께요.

딸은 혼사가 코앞에 다가왔는데도 흔연한 얼굴이었다. 소도댁은 딸의 그 마음이 한편으로는 고마웠다. 울고불고 하는 것보다 몇 배 나았다.

혼례식은 정말 간소하였다. 저쪽에서도 가난한 살림살이는 마찬가지여서 그야말로 정한수 떠 놓고 혼례를 올리다시피 하였다. 고맙게도 옹기전 주인장과 무인이 참석하였다. 삼수는 아직까지 얼굴을 내보일 수 없다면서 축의금 대신 진돗개 새끼 한 마리를 보내 왔다. 하필이면 진돗개냐고 의아해하자, 무인은 소도댁 혼자 외롭고 쓸쓸하게 지내는데 더없는 동무가 될 것이라고 하였다. 삼수다웠다. 피식 웃음마저 들었다.

*

딸을 시집보내고 난 소도댁은 조용하게 묻혀 지냈다. 딸이 없는 집안은 적막강산이었다. 딸의 존재가 그렇게 큰 줄 몰랐다. 어디를 둘러봐도 허전하고 쓸쓸하였다. 유일하게 진돗개 새끼가 쫄랑거리며 온 집 안을 헤집고 다녔다. 삼수가 우직한 대로 뭘 알기는 아는 모양이네. 소도댁은 강아지를 쓰다듬으며 실없는 웃음을 머금었다. 강아지와 지내는 동안 딸의 시집살이가 걱정되었다. 아무리 가난하게 살아도 들녘이 넉넉하고 호수의 물이 찰랑거리면 풍족한 마음이 든다고 하였다. 그러나 그곳은 너무나 척박한 곳이어서 마음에 걸렸다.

딸의 소식은 듣지 못하였다. 겨울이어서 사람의 왕래가 뜸한 까닭도 있었으나 굳이 알려고도 하지 않았다. 사위가 믿음직스러워 마음을 놓이게 하였다.

장모님께서 혼자 외롭겠습니다. 그 생각을 하면 죄만 같습니다요.

사위의 어수룩한 말이 살갑게 들렸다. 겨울은 깊어 갔다. 다른 해보다 까닭 없이 자주 눈이 내렸다. 철없는 강아지만 추위도 잊은 채 눈밭을 뛰어다녔다. 불현듯 눈사람을 만들던 딸의 모습이 눈앞에 다가왔다. 이제는 눈사람을 만들던 딸 대신 강아지가 세상을 일깨우는구나. 소도댁은 처량한 눈길로 강아지의 발자국을 눈으로 좇았다.

눈 덮인 산야에 달빛이 휘영청 밝으면 삼라만상이 새하얗게 반사되었다. 자신도 모르게 밭은기침이 나왔다. 그때마다 고문 후유증이 되살아나 온몸이 퍼렇게 멍이 든 것처럼 삭신이 쑤시고 통증이 찾아왔다. 이제는 삭아진 삭정이처럼 전쟁의 몸서리쳐지는 상흔을 잊을 법도 한데 시시때때로 육신이 망각을 일깨웠다. 이성을 잃은 광기 어린 살육, 고막을 째는 듯한 총성, 살기 어린 반목, 잿더미로 변한 집들, 꼬리 사린 굶주린 개들, 한없이 공포에 질린 아이들의 퀭한 눈동자, 피난 대열들, 산사람들, 그리고 군화 소리……. 그런 날이면 도리 없이 꿈속을 헤매듯 몽유병자가 되었다. 병일래라. 소도댁은 자신을 추스르며 고독을 깨물었다. 한센 병자들 속에 휩쓸려 간 남편의 영상이 눈밭에 하얗게 표백되어 눈사람 형상으로 다가서는 신기루 현상을 붙들었다. 그럴 적마다 도리 없이 예리한 바늘 끝으로 허벅지를 찌르던 청상과부의 한을 잘근 깨물었다. 겨울나기는 정말 고통스러웠다.

그렇다고 봄이라 해서 별다를 게 없었다. 따사로운 봄볕 아래 나른하게 졸고 있는 강아지를 보노라면 자신도 모르게 마음이 헤풀어졌다. 녹작지근하게 헤풀어지는 병근이었다. 기운을 차리고 입맛을 돋우기 위해 여린 나물을 뜯었다. 새 쑥이며, 머위, 고

사리, 냉이, 달래, 따위를 캐고, 채전밭에는 상치, 아욱, 쑥갓 등 봄채소 씨앗을 뿌렸다. 그렇게라도 몸을 움직이지 않으면 따사로운 봄볕 아래 삭신이 녹작지근하게 녹아내릴 것만 같았다. 어무니요, 참말로 서럽도록 외롭지요? 어무니 속을 왜 모르겠어요. 눈만 뜨면 어무니 생각으로 가슴이 메이요. 딸의 목소리가 이명처럼 들렸다. 오냐, 오냐. 괜찮다. 너 없이도 밥 꾹꾹 다져 묵으면서 아무 탈 없이 잘 지내고 있다. 소도댁은 속으로 손사래를 치며 먼산바라기를 하였다.

끝머리 :

신기루

내가 친정을 찾은 것은 감꽃이 떨어질 때였다. 이상하였다. 친정 감나무에 열린 감꽃과 시댁 감나무에서 떨어진 감꽃 맛이 그렇게 다를 수가 없었다. 달착지근하면서도 입술 위에 떫은 여운이 감도는 맛. 나는 친정집에 들어서자마자 감꽃부터 주웠다. 그리고 정성스레 감꽃목걸이를 만들었다.

참 포시랍게도 군다.

어머니는 그 모습을 바라보며 눈을 흘겼다. 그러면서도 아버지의 제사음식을 정갈하게 장만하였다.

강아지가 다 컸네요.

나는 토실하게 자란 개를 쓰다듬었다. 개는 나를 보자마자 꼬리를 흔들었다.

그 녀석이 제법 날 위한다. 헌디, 넌 왜 모습이 그 모양이냐?

어머니는 근심 어리게 나의 얼굴을 살폈다.

며칠 전에 유산을 했구만요.

나는 풀 죽은 소리로 고개를 떨구었다.

뭐라고 했냐?

어머니는 얼굴색이 변하였다.

나라고 그러고 싶어 그랬겠어요.

시집살이가 너무 고된 게로구나.

어머니는 지레 넘겨짚었다. 가난한 집에서 매사가 고된 것은 정한 이치 아닌가.

시집살이가 꼭 고돼서 그런 것은 아닐 것이요.

암튼, 몸조리를 좀 해야겠다.

어머니는 이참에 나를 붙들어 놓을 참이었다. 나도 친정집에서 오래 머물고 싶었다. 시집살이라고 정신없는 가운데 노을빛이 물들면 매번 어머니가 눈에 밟혔다. 혼자 하루를 어떻게 보냈을까. 끼니는 제대로 찾아 먹는지, 몸은 건강한지 마음에 걸렸다. 그렇다고 한달음에 달려갈 수도 없어 가만히 눈시울을 훔쳤다. 신랑은 그 마음을 아는지 모르는지 무심하게 보아 넘겼다. 믿음직하고 신실한 반면 겉으로 정감을 나타내지 않았다.

나는 아버지 영정 앞에 감꽃목걸이를 올렸다. 아직도 나는 아버지의 죽음을 믿지 않았다. 마음속으로 아버지가 살아 돌아올 것이라는 믿음을 저버리지 않았다.

감꽃목걸이를 보지 못할 거라고 생각했던마는 새로운 마음이 든다.

어머니는 착잡한 얼굴로 말하였다.

어떠한 일이 있더라도 감꽃이 떨어질 때면 꼭 올라요.

나는 다짐을 놓듯 아버지의 영정을 향해 절을 올렸다.

다음 날, 어머니는 약속대로 장터목에 나가 곰국거리를 사 오고 닭백숙을 장만하였다. 모처럼 집 안에 기름기가 감돌았다. 딸을 위한 어머니의 정성만큼 소중한 것도 없으리라. 나는 어머니가 마련해 준 보식으로 한껏 몸을 보양하였다.

아버지가 계셨더라면 훨씬 몸보신에 좋은 약재를 사용하였을 것인디…….

어머니는 생각이 맺혔는지 넌지시 그 말을 들먹이며 한숨을 죽였다. 어머니가 아무리 아버지의 죽음을 기정사실로 인정하더라도 집안 가득 아버지의 존재가 숨 쉬고 있는 셈이었다.

나까지 보양을 하니께 근력이 생긴다.

엄니도 건강해야지요. 혼자 계실수록 건강이 제일이요.

그렇지야. 혼자 병들어 앓는 것만큼이나 서럽고 고통스러운 것도 없을 것이다. 절망이 따로 없어야.

나는 보름여를 친정집에서 눌러 지냈다. 시댁에서 기다리지 싶어 가슴이 조였으나 어머니는 더 머물기를 바랐다. 아니나 다를까, 신랑이 곧장 데리러 왔다. 농번기로 일손이 딸리는 터라 마냥 기다릴 수 없어서였다.

아직 몸이 부실한 것 같으니 잘 살펴 주게.

어머니는 딸을 보내면서 사위에게 몇 번이고 다짐을 놓았다.

염려 마시게라우. 걱정이 되어 왔구만요.

신랑은 괜스레 죄송스러운 마음으로 머리를 숙였다. 나는 한없이 뒤따라오는 어머니의 눈길을 의식하며 시댁으로 향하였다. 보름여의 친정집은 아무도 넘보지 않는 평화로운 공간이었다.

언제 또 오랴. 일 년을 기다려야 하나. 나는 허심한 발걸음으로 신랑의 뒤를 따랐다.

나의 바람과는 무관하게 친정걸음이 자주 이루어졌다. 유산의 아픔을 겪을 때마다 친정집에서 몸조리를 하였다.

어째 그리 자궁이 부실하다냐.

어머니는 시름겨워하였다. 유산은 여자로서 죄인일 수밖에 없었다. 근본적으로 무언가 잘못된 게 틀림없었다. 시댁에서는 나를 바라보는 눈길이 달라졌다. 이제는 더 이상 자손을 기대할 수 없겠다는 공기가 팽배하였다. 생산을 못하는 여자. 여자로서 그 얼마나 불행한 일인가.

친정에 가서 제대로 여자구실을 할 수 있도록 조리하거라.

시어머니의 그 말은 사형선고보다 더한 것이었다. 더 이상 기대하고 바랄 수 없으니 씨종자를 튼실하게 점지해 줄 시앗을 보겠다는 뜻이 내비쳤다. 그런데도 나는 오히려 홀가분하였다. 그간의 시집살이가 고돼서 그런 것은 아니었다. 가장 듣기 힘든 것은 아버지의 사상과 유산을 연결시키는 말이었다.

그 애비가 붉은 물이 들었다고 하더니만 조상님께서 그 점을 알고 생산을 중지시킨 모양인감.

억지에 가까운 시어머니의 추론은 얼토당토 않는 모욕이나 다를 바 없었다. 어찌 그런 황당한 논리를 내세울 수 있단 말인가. 서천 소가 웃을 일이었다.

나는 그렇게 각을 세우고 등 떠미는 시어머니의 행위가 한편으로는 고마웠다. 세상사 근심걱정 다 묻어 버리고 어머니와 조용하고 오붓하게 지내고 싶었다. 어머니는 말없이 나의 마음을 받아 주었다.

니 팔자에 자식 인연이 없는게비다.

그 한마디가 전부였다. 나는 다시금 감나무 그늘 아래에서 지난날처럼 소일하였다. 진돗개는 어느덧 새끼를 두 번째 낳았다. 복슬복슬한 세 마리의 강아지 모습이 귀엽기만 하였다. 나는 감꽃목걸이를 만들어 어미 개와 새끼 강아지에게 걸어 주었다. 똘망똘망한 것이 살아있는 인형이었다.

그 녀석들, 감꽃목걸이가 좋은가 보다.

어머니는 시름한 눈길로 나의 속내를 들여다보았다. 너는 무슨 팔자이기에 자식 하나 생산할 수 없느냐. 어머니의 애스러워하는 눈길을 나는 덤덤하게 받아들였다. 나의 불행은 거기에 그치지 않았다. 신랑이 사고를 당하였다는 비보를 전해 들었다. 산에서 땔나무를 하여 소달구지에 잔뜩 싣고 경사진 비탈길을 내려오다 내리굴렀다고 하였다. 신랑은 병원으로 옮기는 도중 숨을 거두었다. 허망한 죽음이었다.

장례를 치르고 나자 그나마 매어 있던 고삐가 뭉텅 끊겨져 나간 것 같았다. 시어머니는 아이 못 낳고 서방 잡아먹은 년이라고 대 놓고 눈을 흘겼다. 여자로 태어났기에 그런 수모를 감내해야 하는가. 나는 그 길로 시댁과는 미련을 끊고 아예 친정집으로 돌아왔다. 어머니와의 생활은 예전으로 돌아갔다. 조용한 침묵 속에서 세월을 이고 한 해 한 해 나이를 먹었다.

*

더디게만 느껴지는 세월은 속절없이 흘렀다. 해마다 감꽃이 떨어질 때면 어머니는 아버지의 기제사를 지냈고, 나는 감꽃목걸이를 아버지의 영정 앞에 올리며 살아 돌아오시기를 기원하였다. 그 기원 속에는 세월이 마냥 정체되어 있었다. 어머니는 어느덧 이마의 주름살이 늘어났고, 나 또한 귀밑머리가 희끗하였다. 무상한 세월이었다. 어미 개도 늙어 죽었고 대를 이어 낳은 강아지들이 자라 집 안을 뛰어다니며 컹컹 짖어 댔다. 나는 어머니의 일을 대신하였다. 쉬이 피로를 느끼는 어머니를 되도록 편안하게 보살폈다.

나날이 기력이 부치는구나. 노망이 들지 않는 것만도 다행이다만…….

어머니는 늙음을 탓하지 않았다. 자제력을 잃은 것도 아니었다. 아직도 허리는 꼿꼿하였고 정신은 맑았다.

정신을 놓아서야 쓰것소. 엄니는 그렇게 살아왔으니께요.

우리 사는 시상이 청승맞다. 전생에 무슨 업보를 짊어졌는지…….

엄니요, 좋기만 하요. 세상을 여윈 듯 사는 것도 욕됨 없는 방편이요.

허기사, 귀거래사를 굳이 읊을 필요가 없지야.

어머니의 말에 나는 전적으로 공감하였다. 번뇌 망상이라든가, 회한마저 삭아져 버린 머리 위에 한 점 흰구름만 떠갈 뿐이었다.

기력이 나날이 쇠잔해 가는 어머니와의 하루하루는 정적 속의 일상이었다. 특별한 일도 없었고 충격적인 사건도 없었다. 가파르고 힘든 고갯길을 타고 넘어 평지에 이른 평온함만이 자리했다. 그러나 그 같은 생활은 영원히 지속되지 않았다. 나에게 이 세상에서 가장 슬픈 별리의 아픔이 찾아왔다. 어머니의 죽음이었다. 아버지의 부재는 언젠가 살아 돌아온다는 바람과 기다림으로 고난과 핍박 속에서도 슬픔을 삭일 수 있었는데, 어머니의 갑작스러운 죽음은 세상을 하얗게 만들었다. 눈 덮인 겨울 산야였다.

그 해에도 여린 잎새에서 수줍게 감꽃이 피어났다. 부끄러움을 탈 줄 아는 어린 소녀처럼 피어난 감꽃은 달착지근한 향기를 지니고서 술렁이는 바람에 흰눈처럼 떨어졌다. 나는 감나무 아래에서 귀를 쫑긋 세운 강아지와 감꽃을 주웠다.

올해는 감꽃이 해거리를 하는가 했더니 여전하구나. 나이 든 감나무가 조금도 쇠약할 줄 모른다.

어머니는 감꽃을 정성스레 실에 꿰는 나를 그윽한 눈으로 바라보며 기둥에 기대앉아 나물새를 다듬었다. 나는 정성 들여 감꽃목걸이를 만들었다. 그때만큼은 온갖 시름과 잡념을 다 놓아

버렸다. 무심한 가슴 저 깊은 곳에 아버지의 영상이 떠오르면서 금방이라도 우리 공주, 어디 보자! 환하게 웃으며 대문을 들어설 것 같은 환영에 사로잡혔다. 나는 감꽃목걸이 하나를 다 만든 다음, 무릎을 베고 있는 강아지에게 목걸이를 만들어 주려고 바늘귀에 실을 매달고서 무심코 어머니를 바라보았다.

어머니는 나물새를 다듬다 말고 손을 멈춘 채 짙푸른 하늘가에 시선을 고정시키고서 먼산바라기를 하고 있었다. 무슨 상념에 젖어 저리도 세상을 놓아 버렸을까. 나는 별다른 생각 없이 감꽃목걸이를 만들었다. 그리고 잠시 후, 무릎을 베고 있는 강아지의 목에 감꽃목걸이를 걸어 주고 자리에서 일어났다. 그때까지 어머니는 여전히 그 모습이었다.

엄니, 뭐하요?

나는 어머니의 상념을 일깨우며 다가갔다. 어머니는 말이 없었다. 이상하다. 나는 가까이 다가가 어머니를 일깨웠다. 숨을 쉬지 않았다. 아직도 나물새를 쥐고 있는 손은 따스한데 숨이 멎어 있었다.

엄니요!

나는 어머니를 와락 끌어안았다. 어머니는 힘없이 나의 품에 쓰러져 안겼다. 세상에 이 무슨 날벼락인가. 나는 울음을 내쏟았다. 눈을 말갛게 뜬 채 먼산바라기로 일생을 마감하다니! 도저히 믿어지지가 않았다. 한마디 유언도 남기지 않고 그렇게 조용히 영원한 침묵에 잠길 줄이야. 어머니의 죽음은 나에게 가장 잔인하고 가혹한 형벌이었다. 어떠한 형벌보다도 정신과 육신을 아프게 저미었다. 어머니가 살아온 한평생을 생각하면 죽음에 이르러 한마디 말이라도 남겼어야 했다. 어쩌면 할 말이 없었는지도 몰랐다. 다 부질없는 것. 한마디 유언을 남겨서 무엇할 것인가.

나는 어머니의 말없는 뜻을 헤아리고 눈물을 거두었다. 장례를 치르고 나서 아버지의 영정 곁에 어머니의 영정을 나란히 놓았다. 그리고 감꽃목걸이를 두 사람 앞에 올렸다. 아버지에게 올리는 감꽃목걸이는 아버지가 살아 돌아올 것이라는 목마른 염원에서였고, 어머니 앞에 올린 감꽃목걸이는 극락왕생하시라는 기원이 서려 있었다. 이제는 어쩔 수 없이 해마다 감꽃이 떨어질 때면 두 분의 영정 앞에 그렇게 기다림과 명복을 비는 마음으로 감꽃목걸이를 올려놓을 수밖에 없을 것이다.

어머니가 없는 집 안은 더욱 적막하고 쓸쓸하였다. 사계절의 비바람만 무시로 들이쳤다. 나는 그전보다 더 바깥세상과 담을 쌓고 살았다. 마을사람들과도 전혀 왕래가 없었다. 더구나 젊은 사람들은 모두가 도시로 떠나고 노인네들만 사는 터라 마을은 골망골망 고사되어 가는 형상이었다. 나는 어머니가 없는 빈 공간 속에서 무념스레 숨 쉬고 살았다. 그사이 유일한 말동무였던 어미개가 새끼를 낳다가 죽는 가슴 아픈 일도 겪었다. 잔인한 운명의 갈림길이었다. 눈을 뜨지 못하는 새끼들을 이불 속에서 살려 키웠다. 생명력은 참으로 경이로웠다. 똘망거리는 새끼들이 귀여웠다. 웃음이 사라졌는데도 녀석들의 재롱을 바라보노라면 나도 모르게 얼굴에 살포시 웃음꽃이 번졌다.

*

그날도 뻐꾸기 울음소리에 실려 감꽃이 떨어졌다. 감나무 아래에서 감꽃을 실에 꿰고 있는데 강아지들이 긴장한 눈으로 귀를 쫑긋 세우며 제법 야무치게 짖어 댔다.

계십니까?

나직한 남자 목소리였다. 나는 그 목소리가 더없이 생경하게 들렸다. 찾아올 사람이라곤 아무도 없지 않는가. 대답이 없자 방문객은 대문을 밀치고 조심스럽게 들어섰다. 어깨에 묵직한 가방을 둘러멘 낯선 사내였다.

실례합니다. 저 위쪽 고인돌 유적지를 취재차 지나치다가, 우람하게 하늘을 이고 서 있는 감나무가 마음에 들어와서 들렀습니다. 어린 시절 저의 할아버지께서 들려 주셨던 감나무집이 불현듯 떠올랐어요.

우람한 감나무야 마을마다 지천이제. 어디 우리 집에만 있는건가. 나는 순간 사내의 모습에서 아스라이 가슴 밑바닥에서 지펴 오르는 기억에도 흐릿한 영상을 숨죽여 누질렀다. 김순열 선생? 그럴 리가…….

가만 계세요. 기념으로 사진 한 장 찍고 싶군요. 어쩜, 이렇게 예쁜 감꽃목걸이를 만드세요? 정말 아름다워요. 그 모습을 카메라에 담아야겠어요.

사내는 저 위쪽 산허리를 무지막지하게 까뒤집는 공사현장을 눈으로 가리키며 시간을 의식하였다. 풍문으로는 집단주거지 형태로 산재해 있는 고인돌들을 밀어제치고 골프장이 들어선다고 하였다. 사내는 가방에서 카메라를 꺼냈다. 그리고 감나무 주위를 맴돌며 아직도 심장이 가라앉지 않는 나를 향해 연신 셔터를 눌렀다. 강아지들까지 카메라에 담았다. 한참 카메라 셔터를 누르던 사내는 나의 곁에 앉으며 감꽃을 입에 머금었다.

어쩜, 이렇게 향긋하지요? 떫으면서도 달착지근한 맛이 은근하네요. 그래요. 기억이 아슴한데요. 오래전에 어린 꽃사슴 섬에 살고 있는 한센 환자들의 애환을 담기 위해 취재차 갔었어요. 그곳에서 할아버지 한 분을 만났는데 그분도 감꽃목걸이를 만들고 있었어요. 주변 사람들의 말에 의하면 스스로 음성 한센 환자라는 점을 마음자리에 여미고서 한센 환자들을 위해 궂은일을 마다하지 않고 헌신해 왔다고 하였어요. 자신을 내보이지 않은 채 그림자처럼 산다고 하더군요.

사내는 넘쳐흐르는 샘가에서 냉수 한 그릇을 마시고 대문을 나섰다. 나는 아직도 환몽에서 깨어나지 못한 채 바람처럼 왔다가 바람처럼 사라지는 사내의 뒷모습을 바라볼 수밖에 없었다. 사내는 무언가 여운을 남기고 떠났다. 그리고 그 말끝에 어린 꽃사슴 섬에 살고 있는 한센 환자들을 들먹이며, 감꽃목걸이를 만드는 노인을 상기시켰다. 왜, 좀 더 상세하게 물어보지 못하였을까. 나는 무심한 마음으로 사내를 더 붙들지 못한 것이 못내 아쉬웠다.

그로부터 여름이 가고 가을이 다가왔다. 알밤이 톡톡 불거지고 은행잎이 샛노랗게 떨어졌으며, 오곡이 무르익은 들판은 마음을 풍족하게 하였다. 나는 긴 장대로 감나무가지 끝에 매달린 홍시를 땄다. 그때였다. 요란한 굉음소리를 내며 오토바이를 탄 우체부가 두툼한 봉투를 배달하였다. 우체부가 내게 우편물을 배달한 것은 처음이었다. 나는 고개를 갸웃하며 한참을 들고 서 있었다. 우체부를 보고 질겁하며 짖던 개소리가 잠잠해지고, 시간이 제자리로 돌아온 뒤에야 나는 봉투를 조심스럽게 뜯었다. 사진이었다. 깜박 잊고 있었던 사내의 방문을 떠올렸다.

우람하게 하늘을 치받들고 서 있는 감나무와, 감꽃목걸이를 만들고 있는 나의 모습과 강아지들까지, 생생하고 실감 있게 찍은 사진들이었다. 그 속에 낯선 흑백사진 한 장이 들어 있었다. 밀짚모자를 눌러쓰고 감꽃목걸이를 목에 두른 노인이 처연한 자태로 앉아 있었다. 나는 신기루를 바라보듯 그 사진을 찬찬히 들여다보았다. 무언가 걷잡을 수 없는 감정의 소용돌이가 가슴을 휘저었다.

정형남

조약도에서 태어났고『현대문학』추천으로 문단에 나왔다.「해인을 찾아서」로 대산창작지원금을 받았으며,『남도(6부작)』로 제1회 채만식 문학상을 수상하였다.

창작집『수평인간』『장군과 소리꾼』, 중편집『반쪽 거울과 족집게』『백 갈래 강물이 바다를 이룬다』, 장편소설『숨겨진 햇살』『높은 곳 낮은 사람들』『만남, 그 열정의 빛깔』『여인의 새벽(5권)』『토굴』『해인을 찾아서』『천년의 찻씨 한 알』『삼겹살』『감꽃 떨어질 때』를 세상에 내놓았다.

:: 산지니가 펴낸 큰글씨책 ::

인문사회

마음챙김과 통찰 로브 네른 외 지음 | 구치모 외 옮김

해양사의 명장면 김문기 외 지음

전태일에서 노회찬까지 이창우 지음

수술 권하는 정형외과의 비밀 황윤권 지음

물고기 박사가 들려주는 신기한 바다 이야기 명정구 지음

15세기 동남아 무역왕국 말라카 파라하나 슈하이미 지음 | 정상천 옮김

벽이 없는 세계 아이만 라쉬단 웡 지음 | 정상천 옮김

범죄의 재구성 곽명달 지음

역사의 블랙박스, 왜성 재발견 신동명 최상원 김영동 지음

깨달음 김종의 지음

공자와 소크라테스 이병훈 지음

완월동 여자들 정경숙 지음

한비자, 제국을 말하다 정천구 지음

맹자독설 정천구 지음

엔딩 노트 이기숙 지음

시칠리아 풍경 아서 스탠리 리그스 지음 | 김희정 옮김

고종, 근대 지식을 읽다 윤지양 지음

골목상인 분투기 이정식 지음

파리의 독립운동가 서영해 정상천 지음

삼국유사, 바다를 만나다 정천구 지음

대한민국 명찰답사 33 한정갑 지음

효 사상과 불교 도웅스님 지음

지역에서 행복하게 출판하기 강수걸 외 지음

재미있는 사찰이야기 한정갑 지음

귀농, 참 좋다 장병윤 지음

당당한 안녕: 죽음을 배우다 이기숙 지음

모녀5세대 이기숙 지음

한 권으로 읽는 중국문화 공봉진 이강인 조윤경 지음

차의 책 The Book of Tea 오카쿠라 텐신 지음 | 정천구 옮김

불교(佛敎)와 마음 황정원 지음

논어, 그 일상의 정치 정천구 지음

중용, 어울림의 길 정천구 지음

맹자, 시대를 찌르다 정천구 지음

한비자, 난세의 통치학 정천구 지음

대학, 정치를 배우다 정천구 지음

문학/소설

혜수, 해수 1: 영혼 포식자 임정연 장편소설

콜트 45 정광모 소설집

캐리어 끌기 조화진 소설집

사람들 황경란 소설집

바람, 바람 코로나19 문선희 소설집

북양어장 가는 길 최희철 지음

지옥 만세 임정연 장편소설

보약과 상약 김소희 지음

팔팔 끓고 나서 4분간 정우련 소설집

실금 하나 정정화 소설집

랑 김문주 장편소설

데린쿠유 안지숙 장편소설

볼리비아 우표 강이라 소설집

마니석, 고요한 울림 페마체덴 지음 | 김미헌 옮김

방마다 문이 열리고 최시은 소설집

해상화열전 한방경 지음 | 김영옥 옮김

유산 박정선 장편소설

신불산 안재성 지음

나의 아버지 박판수 안재성 지음

나는 장성택입니다 정광모 소설집

우리들, 킴 황은덕 소설집

거기서, 도란도란 이상섭 팩션집

폭식광대 권리 소설집

생각하는 사람들 정영선 장편소설

삼겹살 정형남 장편소설

1980 노재열 장편소설

물의 시간 정영선 장편소설

나는 나: 가네코 후미코 옥중수기 조정민 옮김

토스쿠 정광모 장편소설

가을의 유머 박정선 장편소설

붉은 등, 닫힌 문, 출구 없음 김비 장편소설

편지 정태규 창작집

진경산수 정형남 소설집

노루똥 정형남 소설집

유마도 강남주 장편소설

레드 아일랜드 김유철 장편소설

화염의 탑 후루카와 가오루 지음 | 조정민 옮김

감꽃 떨어질 때 정형남 장편소설

칼춤 김춘복 장편소설

목화: 소설 문익점 표성흠 장편소설

번개와 천둥 이규정 장편소설

밤의 눈 조갑상 장편소설

사할린 이규정 현장취재 장편소설

테하차피의 달 조갑상 소설집

문학/비소설

걷기의 기쁨 박창희 지음

미얀마, 깊고 푸른 밤 전성호 지음

오전을 사는 이에게 오후도 미래다 이국환 에세이

사다 보면 끝이 있겠지요 김두리 구술 | 최규화 기록

선생님의 보글보글 이준수 지음

고인돌에서 인공지능까지 김석환 지음

지리산 아! 사람아 윤주옥 지음

우리들은 없어지지 않았어 이병철 산문집

닥터 아나키스트 정영인 지음

시로부터 최영철 산문집

이렇게 웃고 살아도 되나 조혜원 지음

무위능력 김종목 시조집

금정산을 보냈다 최영철 시집

일상의 스펙트럼 시리즈

블로거 R군의 슬기로운 크리에이터 생활 황홍선 지음

어쩌다 보니 클래식 애호가, 내 이름은 페르마타 신동욱 지음

베를린 육아 1년 남정미 지음

유방암이지만 비키니는 입고 싶어 미스킴라일락 지음

내가 선택한 일터, 싱가포르에서 임효진 지음

내일을 생각하는 오늘의 식탁 전혜연 지음